ハヤカワ
時代ミステリ文庫
〈JA1469〉

早耳屋お花事件帳
見習い泥棒犬

松本匡代

JN092324

早川書房

8627

目次

早耳屋お花事件帳

見習い泥棒犬

登場人物

お花………………瓦版屋・早耳屋の元気娘
清兵衛……………お花の父。瓦版屋・早耳屋の版木彫人
巳之助……………瓦版屋・早耳屋の聞き書き人
辰吉………………瓦版屋・早耳屋の読売人
橘　香春…………小石川養生所の医師
五郎太……………一膳めし屋の主
塚本忠吉…………南町奉行所定町廻り同心
塚本忠道…………忠吉の父親

吉兵衛……………菓子屋・駿河屋の主
元蔵………………香春が診た男
小吉………………元蔵の付添人
相田卯三郎………無外流永原道場の師範
山口公明…………忠吉の友人。勘定所役人
井坂幸内…………初老の浪人者
お光………………井坂幸内の娘
健太郎……………薬種問屋武田屋の若旦那。お光の夫
寺村幸次郎………無外流永原道場の門人
結衣………………旗本岡島晃資のひとり娘
戸田新之助………結衣の従兄

第一話　見習い泥棒犬

一

梅雨明け十日という言葉がある。梅雨が明けた後の十日間は、天候が安定して晴天が続く。そしてその頃が、一年の中で一番暑い。

三日前の激しい雨、あれで今年の梅雨は明けたらしい。一昨日、昨日、そして今日と、見上げただけで眩暈《めまい》をおこしそうな夏の青い空に、真っ白な雲がひとつ、申しわけ程度に浮かんでいる。まだ五つ前だというのに、もうじっとしていても額に汗がにじむほどの暑さだ。

通りを行きから人々は皆、汗をぬぐいながら、

「お暑うございます」

「暑いですね」

と挨拶をして、速足ですれ違っていく。

ここ神田明神近くで瓦版屋を営む「早耳屋《はやみみや》」では、娘のお花《はな》が、店先に置かれた鉢植えの朝顔に水をやりながら、

「ああ暇だ暇だ、何か世間がびっくりするような事件でも起きないかなぁ」

と、流行りの桃割れに結ってみた髪を気にしつつ、溜息交じりにつぶやいた。

安政六年。黒船騒ぎに大地震、文字通り江戸の町を揺るがした大事件も、もはや数年前のこと。京の都の町々では去年外国と結んだ条約が気に入らないと浪人者が騒いでいると聞くが、江戸はまだまだ平穏無事。それは滅法《めっぽう》有り難いが、ネタに困った瓦版屋の奥を預かるお花には、素直に喜べることではなかった。

そんなお花を、

「こら、なんという罰当たりなことを」

と、奥から出て来た父親の清兵衛《せいべえ》が一喝する。

「けど、おとっつぁん、こう世の中何も起こらないんじゃあ、うちの商売、あがったりよ」

と、怯《ひる》まず言い返すお花に向かって、

「馬鹿野郎、うちみたいな商売は暇な方がいいんだ」

清兵衛はそう怒鳴ってはみせるものの、もちろん本気で怒っているわけではない。それが証拠に、お花を睨んでみせた目が、堪え性なく、もう優しくなっていた。

無理もない。

お花は清兵衛が四十近くになってからやっとできたひとり娘。夫婦になって十年余り、諦めかけていた時に思いがけなく授かった。女房のお世津《せつ》ともどもどれほど喜んだことか。ところが喜んだのも束の間、元々身体の弱かったお世津は、お花が三つの春に流行り病であっけなく逝ってしまった。

(母親の顔も知らない娘)

と不憫《ふびん》がかかる。それから十五年、お花が十八になる今日まで、清兵衛は後添えも貰わず男手一つでお花を育ててきた。

目の中に入れても痛くない——

よく言われる言葉だが、まさに清兵衛のお花への思いがそれだった。

お花もそこのところは心得ている。

大柄で強面《こわもて》の清兵衛に怒鳴られようものなら、そこらへんのチンピラはみな震え上がって何も言い返せなくなるが、お花はまったく平気だ。母親譲りの黒目勝ちの大きな目で、いたずらっぽく笑っている。

（やれやれ、しかたのない奴だ）

　そんなようすで清兵衛が、無理をして睨んでいた目を表に外すと、ちょうど、聞き書き人の巳之助《みのすけ》と読売人《よみうりにん》の辰吉《たつきち》、通いの二人が入ってきて、早耳屋の一日が始まった。


　早耳屋の瓦版は、その道二十年の巳之助が事件を取材し記事に書いて、清兵衛が版木を彫り紙に刷る。それを若くいなせな辰吉が自慢の美声で売り歩く。

と一応役割は決まっているが、なにせ小さな瓦版屋。三人総出でネタを探しに町に出て、集めたネタを三人が頭を寄せ合い考えて、巳之助が書いた記事を清兵衛が彫ると、また皆で紙に刷り、巳之助相手に辰吉が、町の辻々で粋な調子で読み上げる。三人の共同作業。近頃これにお花が加わり、四人力合わせての仕事になっていた。

　怖いもの知らずに突き進むお花のことを心配する清兵衛は、お花が稼業の瓦版づくりに参加することをあまり歓迎していなかった。今も、

「女がすることじゃない」

　と、口癖のように言っている。だが、お花はそれを言われると、

「あらら、ばか売れに売れた去年の暮れの心中に見せかけた殺しの真相、あれは誰が聞

き込んできたんだっけ」

と言って清兵衛を見てニッと笑う。

去年の暮れにあった大店《おおだな》の若旦那と岡場所の女の死体が大川《おおかわ》に上がった事件。当初単純な心中と思われたこの事件を、お花が若旦那の周辺を色々聞いてまわり、若旦那には惚れた女がいることを突き止めた。それが、帳簿の不正発覚を恐れた番頭による殺しだったという真相の究明に大いに役立ち、それを知らせた瓦版もばか売れに売れた。

このことでお花は、

(私、この仕事、向いているんだ)

と思い込み、俄然《がぜん》やる気を出し、益々何にでも首を突っ込むようになった。

そんなお花に清兵衛はいつもはらはら、寿命の縮まる思いだが、娘の視点で取って来るネタは、お花のほかは男ばかりの早耳屋にはこれが結構重宝で、お花には絶対そんなそぶりは見せないものの、

(こいつ、案外やりやがる)

と、認めているふしもある。

さて、平穏無事な江戸の町だが、気をつけて歩いてみれば、迷子の犬猫、暑さしのぎ

の胡散臭《うさんくさ》い怪談話、小さなネタは拾えるものだ。

さあ、今日も……。

いや、その前に、

「お花ちゃん、今日の味噌汁の身は何だい」

辰吉がお花に声をかける。

「豆腐とネギよ」

お花が答えた。

巳之助も辰吉も近所の長屋でのひとり暮らし。三度の飯は早耳屋の台所で、お花の作ったものを食べる。

「そりゃあ、うまそうだ」

巳之助が笑顔で言い、辰吉と一緒に奥へと姿を消した。

外は益々暑くなる。

お花は井戸で手桶に水を足し、柄杓《ひしゃく》を持って表に出た。水まきを始めるようだ。

(少し、晩《おそ》かったかな)

お花は、炎天を見上げて思った。

水まきは時刻を間違えると、湿気が多くなり却って蒸し暑くなる。

(でも、風があるから、ま、いいか)

お花は、構わずまき始めた。まかれた水が、瞬く間《ま》に乾いた地面に吸い込まれていく。

「あらっ」

お花は小さくつぶやくと、水をまく手を止めた。

お花の視線の先に一匹の白い犬がいる。仔犬を卒業したばかりの若犬だ。まだあどけなさの残る顔で小首をかしげてお花を見ている。その独特な姿が、何か心細げで愛らしい。

「こっちへおいで」

お花は、柄杓をいれた手桶を地面に置き、しゃがんで犬を呼んでみた。

白犬は、しばらく小首をかしげたままお花の方を見ていたが、危害を加えられる相手ではないと判断したものか、お花の方にゆっくりと歩いてきた。

「おまえ、どこから来たんだい」

そう言って、お花は白犬の背中を撫ではじめた。そんなお花の頭上から、

「お花ちゃん」

と呼ぶ声がする。お花が見上げると、小石川養生所の医師　橘《たちばな》香春《こうしゅん》がにこにこ顔で立

っていた。お花と白犬のやり取り、犬とのやり取りはおかしいか、お花が白犬に話しかけている様子を興味深げにのぞき込んでいる。

香春はお花が生まれる前からの清兵衛の知り合いで、お世津の死に水も香春が取った。四十の坂はとっくに越えている筈だが、潑溂《はつらつ》として若々しく、せいぜい三十半ばにしか見えない。「医は仁術」が着物を着て歩いているような人物で、とことん患者に寄りそう姿勢は、患者や患者の家族は勿論《もちろん》、養生所を統括するお上からの信頼も厚い。お花が大好きな先生だ。

「香春先生」

お花も笑顔で立ち上がった。

「すっかりご無沙汰しちまって」

白犬はお花の急な動きに一瞬驚いて飛び退《の》いたが、逃げていくことはせず、少し間を置くとまた、お花の足下にすり寄っている。

「なんの、医者には無沙汰の方が良いってもんだ」

香春の答えに、お花がくすりと笑う。

「うん？　どうした」

「いえね、うちのおとっつぁんと同じようなことを仰《おっしゃ》るから」

「ほう、清兵衛さんが何と」

「うちみたいな商売は暇な方が良いなんて」

「あはは、そうか、そりゃそうだな、瓦版屋も医者と同じく、他人様《ひとさま》の難儀が飯の種だもんな」

香春は笑って、

「で、清兵衛さん、お変わりないかい」

と、医者の顔になって尋ねた。

「ええ、お陰さまで。腰だの肩だの膝だの、あちこち痛いだのなんだのって言ってますけど、それはもう、年ですから仕方ない。でも、その割には元気にしてます」

お花の応えは容赦がない。

「お花ちゃんにかかっちゃあ、清兵衛さんも形無しだな。でも、それはよかった。元気が何より」

香春は陽気に言って、白犬に目をやった。

「犬を飼ったのか」

「いいえ、今、通りの向こうから何か頼りなげにこっちを見てたものだから呼んでみたんです。そしたら寄ってきて。人を怖がらないところを見ると、野良犬じゃないですね。迷子になったのか、捨てられたのか」

お花は、香春にそう応えると、

「おまえ、迷子なの」

またしゃがみ込んで白犬の背中を撫でる。香春も同じようにしゃがみ込み白犬を抱き寄せた。そしてその顔を眺めて、

「なかなかいい顔をしてるな、どれどれ」

と言いながら、今度は尻を覗いて、

「男前だな」

と、お花の方を向いてニッと笑った。

「いやだ、先生ったら」

お花が照れるのを面白そうに見ている香春だったが、犬を下ろすと、ふと思いついたように、声をあげた。

「迷い犬といやあ、駿河屋《するがや》さんの犬がいなくなったって言ってたな」

「駿河屋さんって、この前、泥棒に入られた、〝涼風〟のですか」

お花が訊《たず》ねる。

「ああ、そうだ。なんでも、犬が迷い込んできた日の夜に、泥棒に入られたそうだ。それで、二、三日して落ち着いてから、いなくなっているのに気がついたんだと。犬にしてみりゃあ、飼われて初めての夜に泥棒騒ぎじゃあ、さぞびっくりしたろう。騒ぎに紛れてどこかにいってしまったようだ。可哀想なことをしたって、主《あるじ》の吉兵衛さんが言ってたよ」

「まあ、泥棒に入られた駿河屋さんの方が、よっぽど可哀想だと思うけど」

「だよな、いい人なんだ。吉兵衛さん」

香春は白犬を撫でながら満足そうに微笑んだが、すぐにわざと不思議そうに、

「あれ、早耳屋のお花ちゃんが、駿河屋さんの犬のこと知らないなんて、そんなこともあるんだな」

そう言って面白そうに笑った。

駿河屋は三年ほど前に主の吉兵衛が日本橋呉服町に店を出した菓子屋だ。主の吉兵衛は三十前とまだ若いが、京の老舗で十年あまり修業をしたそうだ。いろいろ工夫し、新しい菓子を作っている。中でも最近売り出した、涼しげな青色の寒天と甘さを抑えた羊《よう》

羹《かん》が二層になった「涼風」は若い娘を中心に大人気だ。お花も評判を聞いて、ぜひ食べたいものだと思ってはいるが、まだ、その機会に恵まれていない。

その駿河屋が泥棒に入られ、銭函から小銭を併せて五両の金を盗まれた。

人気の店とはいえしょせん菓子屋だ。一番人気で値の張る涼風でも、一本が四十文。吉兵店にそれほどの大金があるわけではない。近所には大店が多くある日本橋呉服町。吉兵衛は、まさか自分のところに泥棒が入るなど夢にも思っていなかったはずだ。それが油断となったのだろうか。戸の閂《かんぬき》をかけ忘れたらしい。吉兵衛はいつも通りかけたつもりだったのだが、かかっていなかった。賊によって無理やり開けられたものではない。それは閂が無傷できちんと片づけられていることでわかった。うちからの手引きも考えられなくはなかったが、ただ一人の住み込みの小僧の素性ははっきりしている。それで閂のかけ忘れだということで落ち着いた。

一応、早耳屋も瓦版に載せはしたが、流行りの店であることを除けば、江戸っ子の興味をそそる事件でもなし、泥棒に入られて五両の金が盗まれたという事実だけで、後日譚は聞きこんでいなかった。

香春の話を聞いて、

(自分の店が泥棒に入られたことより、いなくなった犬のことを気遣う優しい吉兵衛さんのことを書いたら売れるかもしれない)

と、商売っ気をだしたお花が、

(この後、駿河屋さんへ話を聞きにいこう。ついでに涼風も買ってこよう)

と、にんまりしていると、

「こいつ、どこかで」

白犬の顔をしげしげと見ながら、香春が呟いた。

「え、まさか、この子がいなくなった駿河屋さんのところの子なんてことは」

お花が期待を込めたように言うと、

「違う違う。私も駿河屋さんの犬は見ていないよ。最近どこかで、こんな若い白犬を見たんだが……ああ、出てこない。年は取りたくないもんだな」

香春は、自嘲気味に言うと、

「さてと、そろそろ失礼するよ」

と立ち上がり、ポンポンと袴をはたいた。

「あら嫌だ。私ったら、こんなところで長話。ちょっと寄っていってくださいな。おとっつぁんも久しぶりに先生とお話したいと思いますから」

お花が慌てて立ち上がり、引き止めるが、

「ありがとう。でも、そうもしていられないんだ。気になる患者もいるしね。また寄せてもらうよ。清兵衛さんに宜しく言っといて」

そう言って香春は、もう歩き始めている。

「そうですか、また近いうちに寄ってくださいな」

去っていく香春の後ろ姿をしばらく見送ったあと、お花は犬と一緒に店へと入って行った。

二

（どこで見たんだったか）

香春は養生所への道すがら考えていた。

迷い犬一匹どこで見たかなんて、別にどうでもいいことではあるが、出てこないと気になるものだ。歩きながら考え、考えながら歩くが、なかなか思い出せない。

（若いころはこんなことはなかったのに）

と、溜息をついたところで、

「香春先生」

と声がかかった。

見ると、一膳めし屋の店の前で主の五郎太《ごろうた》が、ほうきを片手に人懐っこい笑顔でこっちを見ている。


大柄で鋭い目つきの五郎太だが、笑顔がなんとも愛嬌がある。今年で二十五というが、笑っていると、二つ三つは若く見える。

そんな彼は元泥棒。上方では名の通った頭《かしら》の下、悪徳な大店ばかりに押し入り、犯さず殺さず貧しきものからは奪わずという盗みの三か条をきっちり守る、ちょっと言葉はおかしいが、まっとうな泥棒だった。それが三年前、頭の引退を契機に足を洗い江戸へ出て来た。頭から分け与えられた金を元手に、仲間の食事係だった腕を生かし、ここ神田神保町に店を買い、一膳めし屋を出していた。手ごろな値段で味も良く量も多いとなかなか評判のいい店だ。養生所で賄いのある香春は店の常連とは言えないが、通い治療などで近くに来た時には、ときどき立ち寄り、五郎太とは昵懇《じっこん》の間柄だった。

「やあ、五郎太さん、せいが出るね」

　と、香春が五郎太の呼びかけに応じ、会話が始まる。

「へえ、昼の仕込みの前に、ちと店の前をきれいにしとこうと思いやしてね。先生こそ、お早いですね」

「ああ、通い治療を頼まれてな。診《み》てきた帰りだよ」

「それはそれは、ご苦労なことでございました。どうぞ中で茶でものんでいってくだせえまし」

「いや、そうさせてもらいたいのはやまやまだが、養生所にも気になる患者がいるんでね。また今度、ゆっくりとさせてもらうよ」

「そうですかい。そんなご事情なら仕方ございませんね」

　五郎太は残念そうに言って一旦は見送りの態《てい》をとったが、何か思い出したように、

「あ、先生、ちょっくらお待ちを」

　そう言って、店の中に入って行った。

　香春が、

（なんだろうな）

　と、待っていると、すぐに出てきた五郎太が、

「これ、五日前に診て頂いた元蔵さんの薬料です。小吉《こきち》さんから預かっていたのですが、お届けに行かなければと思いながら今まで行きそびれておりました。申し訳ございません」

と、紙で包んだ一分金と思《おぼ》しきものを差し出した。

「ああ、あのご老人か。もう手のつくしようがなかった。あれから、どうされた。気になっていたんだが」

「へえ、先生に診て頂いたその晩に、静かに眠るように逝きました」

「そうか、診たところでは三日ともたないだろうとは思ったが、そうか、そんなに早かったか、そうか……もう一度診に来ようと思いながら、忙しさに紛れて来れなかった。申し訳ないことだった」

香春は、残念そうにつぶやいた。

「とんでもねえ、先生。元蔵さん本人、そして小吉さんもどんなに先生に感謝していなすったことか。あっしも義理が果たせやした。あらためて御礼申します」

五郎太が深々と頭を下げて、

「先生、これを」

と、香春に金を渡そうする。だが、

「私は町医者じゃない。養生所の医師だ。お上からお手当を頂いている。養生所は薬料はとらない。小吉さんに、こんな心配はいらないと言って返してくれないか」

香春はそう言って受け取ろうとしない。

「そうではございましょうが、先生、これは小吉さん、そして元蔵さんの気持ちでございます。お医者様に診て頂き、畳の上で死ねた。そのことがどれだけ特別なことか。その感謝の気持ちでございます。どうぞ受け取ってやって下さいまし」

五郎太が一所懸命頼み込む。

香春は、そんな五郎太の態度に当惑しながら、五日前のこと、元蔵と小吉のようすを思い浮かべた。

五日前。

その日は朝から、しとしとと小粒の雨が止むことなく降り続いていた。

そんな気の滅入るような日の夕刻、養生所を訪ねた五郎太に、香春は、店に病人がいるので診に来てほしいと頼まれた。ちょうど養生所の患者が途切れた時だったので、すぐに赴いた。

夕餉の客で忙しくなる少し前だ。数人の客がいる店を通り、香春が五郎太について奥に入って行くと、五郎太がふだん起居する部屋に、ひとりの老人が寝かされており、その枕もとに五郎太と同じくらいの年恰好の男が座っていた。

その老人はひどく衰弱しており、医者の香春が診るまでもなく、素人目にも長くはもつまいということはあきらかだった。

もう医者としてできることは何もなかった。形だけの診察をして帰るしかなかった。無力だった。

それなのに……。

医者に診てもらい畳の上で死ねたことを喜んで、過分とも言える薬料を支払おうというう。

老人の名は元蔵、若者の名は小吉と言った。二人は親子ではないようだったが、小吉が元蔵を思う気持ちは実の親へのそれ以上であるということが、黙っていても香春にも伝わってきた。この二人の関係はどういうものか。五郎太の前身を知っている香春には、およその見当がついた。

おそらく泥棒の頭と手下。

とすると、元蔵が年老いて医者に掛かり畳の上で死んだということは、五郎太の言う通り、特別なことなのだろう。小吉はもう、どこかへ旅立ったのかもしれない。香春が金を受け取らねば、五郎太は困るに違いない。

（養生所に対する寄付扱いでいいか）

　香春は思い切った。

「わかった、五郎太さん。養生所への寄付ということで、有り難く頂戴するよ」

　香春がそう言うと、

「ああ、よかった」

　五郎太は心底ほっとした様子で、例の人懐っこい笑顔を見せた。

「それじゃあ」

「お気をつけて」

　五郎太に見送られ、ほんの数歩歩いたところで、

（あっ）

　香春は思い出した。

（そうだ、あの犬に似ていたんだ）

　元蔵を診た時、二匹の犬が裏庭から心配そうに、部屋の中の様子を覗《うかが》っていた。一匹は茶色で足先が白い俗にいう足袋はきで、かなり年老いて見えた。もう一匹は白犬、まだ生まれて一年も経っていないような若犬だった。老犬はかなり弱っていて、その老犬に若犬が寄り添う姿は、元蔵を小吉が見守る姿に重なるものがあった。

さっきお花のところで見た犬は、その若犬に似ていたのだ。

（あの二匹の犬はどうしたのだろう。今、五郎太さんのところにいる気配はなかった。元蔵さんと小吉さんの飼い犬だったのだろうか。とすれば、小吉さんが連れていったのだろうな）

香春は、二匹の犬のことをあれこれ思いながら、気になっていたことを思い出せて、いささか気分が軽くなり、養生所へと向かう足取りも軽やかだ。その香春の背に高くなった真夏の太陽が容赦なく照り付けた。

三

「その犬はどんな様子だったんですか」

日本橋呉服町の菓子屋・駿河屋の店先で、お花が主の吉兵衛に話を聞いている。

お花は香春から駿河屋の話を聞いてすぐに、父親の清兵衛や聞き書き人の巳之助、読売人の辰吉に、泥棒に入られる日に犬が迷い込んだこと、その犬が泥棒騒ぎでいなくな

ってしまったこと、それを、

「かわいそうなことをした」

と、泥棒に入られた自分のことそっちのけで心配している吉兵衛の人柄の良さを瓦版に書こうと提案したが、三人は、

「あまり面白れぇ話じゃないな」

「もう十日も前のことだしな」

「そんな話、売れねぇって」

と、全く相手にしてくれない。

「おめえ、あれだろ。涼風とかいう菓子を食いたいだけじゃねぇのか」

さすが父親、清兵衛が図星をつくと、

「駿河屋の犬のことより、その犬、どうする気だ」

と、お花の連れてきた白犬を指して言った。

お花は、それに、

「どうするったって、放ってもおけないでしょうが」

ふくれっつらでそう応えると、

「どうせ、ろくなネタないんだから、話聞くだけでも行ってくるわ。留守の間、この犬

お願い」

と、出てきたのだった。

「どんな様子って、そうさなぁ、年を取っているのか、だいぶ弱っている感じだったな。店の前をふらふらと歩いていたんだ。野良犬ではなさそうだし、捨てられたのか迷子になったのか。とにかく放っておけなくて、店へ入れてまず水をやったんだ。警戒しているのか最初は口をつけなかったよ。だけど、のどが渇いていたんだなぁ、しばらくすると、おいしそうに飲み始めたんだ」

その光景を思い出したものか、楽しそうに話す吉兵衛の様子は、とても十日前に賊に入られ五両の金子《きんす》を盗まれた人間とは思えない。

「どんな犬だったんですか、白犬とか黒犬とか」

お花が勢いよく訊く。

（ひょっとしたら、あの子かも）

今朝、迷い込んだあの若い白犬かもしれないと、もしそうなら、

（不思議な縁だと、瓦版に色が添えられる）

そう思い、ちょっとどきどき期待したのだ。期待のあまり、今聞いた吉兵衛の「年を

取っているのか」という言葉は聞こえていない。

しかしその期待は、吉兵衛の、

「茶色だったな、足袋はきっていうのかい、足先だけが白かった」

という応えでもろくも潰《つい》えた。だが、お花もいっぱしの瓦版屋、

（なあんだ、違うのか）

という落胆から一瞬にして立ち直り、

「いなくなったのはいつですか」

と、何もなかったように聞き込みを続ける。

「それがはっきりとはわからないんだよ。泥棒さわぎでごたごたしていて、気がついたら居なくなっていたんだ。賊の入った翌日は朝から晩まで、岡っ引きの親分や八丁堀《はっちょうぼり》のお役人の出入りもあったしね。事を聞きつけてご近所の皆さんや馴染みのお客様が様子を見にお越しくださった。とにかく大勢の出入りがあったんだ、びっくりしたんだろう。かわいそうに。今頃、どこでどうしているのか。だれかに拾われていたらいいんだが」

たった一日しかいなかった犬のことを心底心配しているようだ。

（いい人だなぁ。こんな優しい吉兵衛さんが作るお菓子、さぞ美味《おい》しいんだろうな）

と食い気に走ったお花は、知らず知らずに吉兵衛を見つめて微笑んでいた。

「え」

そんなお花の様子に戸惑いを見せた吉兵衛だったが、すぐに、

「犬の心配より、五両の金子《きんす》を盗まれた自分の心配をしろ、だよな」

と笑った。

「そんな」

お花が慌てて首を振ると、

「いいんだよ。本当にその通りなんだから。五両といえば私には大金。それを盗《と》られたんだ。大変だよ。でもね、その金がないと明日っからの暮らしが立たないというほどの額じゃない。何とかしようと思えば何とかなるんだ。だがあの犬は、だれかが拾ってやらないと……」

吉兵衛は、ここまで言って、

「また言ってるよ。馬鹿なんだな。私は」

きまり悪そうに、また笑った。

「お忙しいところ、ありがとうございました」

「なんの。瓦版にのせられるような面白い話じゃなかったでしょうに」

吉兵衛とそんなあいさつを交わして、お花は駿河屋を辞した。

吉兵衛の言う通り、話としては瓦版に載せるような話ではないかもしれない。だが、吉兵衛の人の良さを表す話として一工夫してうまく書けば、充分「いい話」として売れるのではないか。

（うん、売れる。早く帰って巳之助さんに話そう。なんなら私が書いてもいい）

はやる心で道を急ぐお花の手には、売り切れることを心配して話を聞く前に購《あがな》っておいた涼風が、しっかりと握られていた。

四

「まあ、せっかくお花ちゃんが取ってきたネタだ。ネタ枯れしてんだから、書いてもいいんじゃないですか」

駿河屋の吉兵衛と犬のネタを頭から馬鹿にしている清兵衛と辰吉に、聞き書き人の巳之助が言ってくれた。

「そうかぁ、版木代と紙代の無駄だと思うがなぁ、まあ、巳之助がそう言うなら、書いてくれ」

渋々ながら、清兵衛がそう言って、瓦版づくりが始まった。

わかりやすい「いい話」だ。記事を書くにも版木を彫るにも、そう時間はかからない。一時《いっとき》（約二時間）余りで巳之助が書き、清兵衛が彫り、みんなで刷り上げた瓦版をもって、お花は読売人の辰吉とともに、町に出た。

「十日前に泥棒に入られた駿河屋の吉兵衛さんはいい人だ。一日飼っただけの犬が騒ぎに紛れていなくなった。その犬を、金を盗られた自分のことより気にかけ、心配しているという。さすがあの優しい味の涼風を作った人だと、若い娘の間では、人気がうなぎ登りだ。あ、そこの娘さん、その犬をもし見かけて、吉兵衛さんに教えてあげたら、感謝されるよ。涼風、何本か頂けるかもしれないよ。その犬の人相風体、え、犬だから犬相か。そんなこっちゃどうでもいいやな、それもここに書いてある。さあさあ、買った買ったぁ」

辰吉が、大声で呼ばわる。

いい話に感動し強引に瓦版にしたお花だが、いざ売り出してみると、やはりもう忘れかけた小さな事件。下手人が捕まったという知らせでもなし、刺激の少ない記事はあまり売れない。辰吉の苦し紛れの宣伝文句につられた若い娘がちらりほらりと買っていくのみだ。

（どうして、こんないい話が売れないのよ。みんな、わかっちゃいないわね）

と、独りよがりの文句たらたら仏頂面のお花に、

「お花ちゃん、そんなふくれっ面してたら、売れるものも売れやしねえぜ」

と、辰吉が笑う。

そんな中、

「一枚」

の声とともに、お花の目の前に四文銭が差し出された。

（あ、売れた）

「まいどあり」

お花がうってかわって愛想よく瓦版を渡そうと顔を向けると、そこに立っていたのは岡持《おかもち》を持った五郎太だ。お花が忙しい時、怠けたい時、早耳屋の四人で行く一膳めし屋の主が、人懐っこい笑顔をお花に向けている。

「あら、五郎太さん」

お花も笑顔になった。

「お花ちゃん、精が出るね」

「五郎太さんこそ。出前の帰り？」

「どんぶりの回収さ」

「そうね、この時間だもんね」

「さてと、いまから、夕餉の仕込みだ」

「がんばって」

「お花ちゃんも」

言い合って、五郎太は自分の店へと帰って行った。

五

五つ半（午後九時頃）を過ぎた。

「まいどあり、お気をつけて」

最後の客を送り出した五郎太の店を、

「五郎太さん」

若い男が訪れた。

「小吉さん、まだ江戸に居なさったのか。預かっていた薬料、やっと今朝、香春先生にお渡しできたよ」

「面倒をかけてしもたな」

「何を言いなさる。うちの頭と犬養のお頭は兄弟分。犬養のお頭の最期にお役にたてなかったら、うちの頭に叱られるってもんですよ。で、クマとシロは？」

「クマは死んだ」

「え」

「五郎太さんに口をきいてもろた寺に頭を埋葬した次の日の朝、まるで頭の後を追うように。静かに眠るように逝きましたわ。寺の住職さんに頼んで頭の墓の近くに埋めてもろた」

「そうでやしたか……犬養のお頭が連れていきなさったんだね」

「ああ、いつも一緒やったさかい」

二人は暫し、犬養の元蔵と愛犬いや相棒というべきか、クマの在りし日の姿をそれぞれに思った。やがて、五郎太が、思いついたように、

「シロは？」

と尋ねた。小吉は、それに、

「え、ああ」

と曖昧《あいまい》に応えるだけだった。

(小吉さん、江戸でもう一度、お勤めをやる気か)

五郎太は思ったが、口に出しては訊かなかった。ただ、

「夜中には間があるから」

と、酒と肴を取りに立った。


犬養の元蔵は、小石川養生所の医師・橘香春が想像した通り、上方では名の知れた泥棒で、五郎太の仕えた水口の文太とは兄弟分の盃を交わした仲だ。やはり、水口《みなくち》の文太と同じように、盗みの三か条をしっかりと守る真っ当な泥棒、いわば義賊だった。

元蔵の盗みの手口は、少し風変わりだ。

犬を相棒とする。

狙った大店に、泥棒犬として躾《しつ》けた犬を迷い犬のように入り込ませ、その犬が、中から門をはずし、店の者がかけ忘れたかのように片付ける。そしてその後元蔵が難なく侵入し、切り餅をいくつかと共に犬を連れて帰る。

そう、十日前の駿河屋に入った盗賊は、元蔵と小吉だったのだ。駿河屋に迷い込んだ

犬は、元蔵の後を追うように逝った老犬クマだ。犬養の元蔵とクマの最後の仕事だった。しかし、盗みの三か条をきっちり守る元蔵が、何故、地道に商いをする駿河屋に押し入ったのか。

それには少し訳がある。

だがその前に、そもそも、上方が本拠の元蔵が何故江戸へ出て来たか。

犬養の元蔵も齢六十の坂を越えた。最後の相棒と決めたクマと仕事をすること十二年。元蔵もクマも年をとった。体調もすぐれず、先が短いと悟った元蔵は、若いころからの夢、

（江戸でお勤めがしてみたい）

という夢の実現を強く願うようになった。

（将軍様のお膝元、町奉行所や火付け盗賊改め方が治安を守るあのお江戸で、自分の技が通用するか試してみたい）

上方で名が知れ始めたころからずっと思い続けてきたこと。いってみれば、憧れに近い思いだ。

それに近頃上方では、田舎から出てきた食い詰め浪人が、勤皇佐幕《きんのうさばく》の違いも怪しく政《まつりごと》への主義も主張もないくせに、いっぱしの志士をきどり、馬鹿の一つ覚えのよう

に意味も解らぬ攘夷《じょうい》を唱え、御用盗《ごようとう》などと称し、幕府御用達の大店などに押し入り、金品を強奪。婦女子を犯し、殺しもいとわないという外道《げどう》仕事がまかり通る。そんな奴らが幅を利かす上方の盗人社会に嫌気がさしたのも、若いころからの夢の実現を強く望むようになった一因かもしれなかった。

(江戸ならまだ、きれいな仕事ができる)

そんな風に考えた。日々、衰えていく自分の身体を考えるに、

(今しかない)

と思い切った。

(今ならまだ、江戸への道中を歩き切れる)

傍《はた》から見れば、その判断はなんとも無謀だった。小吉が諭し、身の回りの世話をしている娘のおすえが泣いて止めたが、元蔵は聞かなかった。

結局、元蔵の長年の夢をある意味共有してきた小吉が根負けした格好で、

「頭の最後の仕事、好きなようにやってもらいまひょ。やらせてあげてください」

と、おすえを説得したのだった。

元蔵は、相棒のクマ、そして何を思ったか、まだ生まれて半年余りの若犬シロをつれて、小吉と一緒に桜の花が散り初《そ》めるころ、住まいとしていた近江石部宿を発ち、江戸

を目指した。

　はやる心で急ぎがちになる元蔵を、老いた身体に障らぬようにと小吉が気遣い、途中箱根の温泉に寄るなど、ゆっくりゆっくりと旅をして、品川の宿から江戸に入るころには、もう五月雨《さみだれ》の季節になっていた。

　江戸に入った二人と二匹は、芝増上寺の賑わいから少し外れたところにある小綺麗な宿に落ち着いた。そこを拠点に、元蔵と小吉は毎日、神田、日本橋、上野を歩き、あくどい商売をしているような大店を物色したが、なかなか押し込むに手ごろな店は見つからなかった。

　江戸の町中を二匹の犬を連れて歩くというのは目立って仕方がない。だからクマとシロは宿に残す。夕方帰ってくる二人の気配に気づくと、二匹は宿の外に飛び出して二人に飛びつき出迎えた。

「これこれ、クマよ、危ないではないか。シロもおとなしゅうしとったか」

　顔をペロペロなめられながら元蔵が、ちぎれんばかりにしっぽを振る二匹を交互に撫で、

「おとなしゅうしとりましたかいなぁ。何かご迷惑をかけませなんだか」

　迎えに出た宿の主人に尋ねると、

「なんのなんの、ずっとおとなしくしていましたよ」

主人が愛想よく応える。

二匹の犬を連れての宿泊、ましてや、連日その犬を置いて出かける。宿としては迷惑なはずだ。が、そこはそれ、前金で十日分、犬一匹も人ひとりとみなして四人分、しかも相場の倍以上の宿代を払ってある。たとえ女中や番頭が少々咬《か》まれようが主人は文句はいわぬだろう。実際クマもシロもよくしつけられているから、万が一にも人を咬むなどということはない。

上客だ。宿の者は皆、犬にまで愛想が良い。

犬二匹を連れての上方からの旅は不審なものだが、小柄で落ち着いて品のある元蔵と上背はあるが華奢な小吉のこと、

「上方の大店のご隠居がお供に手代《てだい》を連れての江戸見物の旅」

という触れ込みを疑う者はいなかった。

二匹の犬はご隠居の愛犬で、江戸見物の間、ずっと二匹に会えないのが寂しいというご隠居のわがままから、犬を連れての旅となった。

「年寄りは、言い出したらきかはらしまへんよって」

小吉がさも申し訳なさそうに宿の主人にことわりをいう。

「本当におとなしいいい子たちで。聞かない人間のお子さまをお世話するより楽でございます」

宿の主人はそう言うと、小吉に顔を近づけ、

「あなたもお年寄りのお世話、大変でございますな。ご主人様がおやすみになってからでも、息抜きにお出かけになってはいかがですか」

と言って意味ありげに笑ってから、

「お風呂沸かしてございます。どうぞお入りを。その間にお夕食の用意をさせますから。おーい、お風呂にご案内して」

と、女中に命じてから、奥へ入っていった。

その後も毎日、二人は押し入る大店を探して歩いた。十日が過ぎ、二十日が過ぎ、じきに一月《ひとつき》、梅雨も終わろうとしていた。もちろん宿代は十日毎の前払い、最初と同じ相場の倍。だから犬を連れての長逗留にも、宿の者は嫌な顔をするはずはない。

しかしここへきて元蔵の体調に変化が出てきた。もともと弱っていた身体に江戸への長旅。気力だけで元気にふるまっていたのだが、それにも限界が来た。三回目の宿代を前払いしたころから、だんだんと元気がなくなり、はた目にも動くのが大儀そうだ。

（どうするか）

元蔵自身も考えたし、

（どうなさるおつもりか）

小吉も元蔵の考えをはかりかねていた。

そんなある日、小糠雨《こぬかあめ》の降る夕方に疲れ切って宿に帰った元蔵が、風呂場で、自分の背中を流す小吉にはっきりとした声音で言った。

「明日、この宿を出る」

「承知いたしました」

小吉の応えはそれだけだった。

（頭の最後のお勤めだ。思うとおりにやってもらおう）

そう心に決めていた。

次の朝、宿の者に見送られて出立した二人と二匹は、なるべく人通りの少ない道を選《よ》って歩いた。幸いこの日は降っていなかったが、連日の雨で足下はよくなかった。足腰の弱っている元蔵は歩きにくそうだ。時々止まっては、どうしても前かがみになってしまう腰を伸ばした。小吉は黙って元蔵の歩みに合わせて少し後ろからついていく。

じきに日本橋、というところまで来たときに、元蔵は立ち止まって、

「クマ」

相棒を呼んだ。

クマは、元蔵に静かに歩み寄り、その足下に座った。

「お前に任せた。お前が入ったとこに押し入る」

そう言って、クマの頭をひとなですると、

「小吉、クマがどこへ入るか見届けるんや」

小吉に命じた。

「さあ、行くんや」

元蔵の言葉に、クマが走り、小吉がその後を追った。


半時（約一時間）ほどの後。

クマの行先を見届けた小吉は、自分の帰りをシロと一緒に待つ元蔵のもとへ引き返し、報告した。小吉の話を聞き終えた元蔵は、

「そうか」

とだけ応えた。

「どないしはります」

小吉は、そう訊かずにはいられなかった。

小吉が見届けたクマが入った先、それは大店が軒を並べる日本橋呉服町にある小さな菓子屋だった。金蔵などなく、店の銭函には多分十両の金もないだろうと思われる。犬養の元蔵のこれまでの仕事とは二桁ほど違うのだ。

「そうか」

小吉の報告を聞いた元蔵は静かに応えた。

「小さな菓子屋に入ったか」

「へえ」

「そうか」

元蔵は、目を閉じてしばらく黙った。やがて、ゆっくりと目を開き前を見たまま、

「クマに任せたんや。そこに決めよ」

「承知しました」

「日が暮れるまで、まだ、間があるな。腹ごしらえしてゆっくりしようやないか」

元蔵は、小吉とシロを従えて、予《あらかじ》め見つけておいた、人通りのないところにぽつんとある一軒の空き小屋に向かった。

駿河屋への押し込みは、いつも通りだった。

夜半町が寝静まったころ、元蔵と小吉は駿河屋の前に立った。中から二人の気配を感じクマが閂を外して、かける前に立てかけてあったところに持っていく。そして器用に立てかけなおし、おとなしく待つ。元蔵と小吉は普段なら金蔵へ直行だが、駿河屋には金蔵などない。店の奥にある銭函を開けると、小銭とあわせてちょうど五両。

(どうします)

小吉は思わず、元蔵の顔を見た。元蔵はほんの一瞬迷いの色を見せたけれど、

「この金がのうなっても、どないかしはるやろ」

呟くようにそう言うと、銭函の中身を懐に持っていた袋に入れ、

「さあ、行くで」

と、クマを連れて出ていく。小吉は銭函を元通りに片付けて、元蔵とクマの後を追った。

犬養の元蔵の最後の仕事は終わった。

夢だった江戸での仕事。

しかし、これが犬養の元蔵の仕事と言えるのだろうか。

（ほんまにこれで、ええんやろか。お頭はほんまに、これでええ思てはるんやろか。これで満足できはるんやろか）

小吉は、クマと並んで先を行く元蔵の背中をじっと見つめた。

シロの待つ小屋に帰った二人と一匹は、土間に敷かれた藁の上に、疲れた身体を横たえた。

翌朝、元蔵は起き上がることができなかった。残っていたごく僅かな体力が、気力が、尽き果てたのだろう。その日だけでなく、その翌日も、翌々日も、枕を上げることはできなかった。もはや上方へ帰る旅など、考えられない。

小吉はつきっきりで看病した。元蔵の傍を離れるのは、食料を買いに出るときと用を足すときだけという生活が五日ほど続いたある日、

「お頭、何か精のつくもん買《こ》うてきます。クマ、シロ、お頭を頼んだで」

そう言って小屋を出た小吉は、神田方面へ歩いて行った。

「あの時、五郎太さんに会うて、ほんまに助かった。お頭も自分が畳の上で死ねるやなんて思てもみはらへんだやろ。ほんま、五郎太さんには、どんなに感謝してもしきれへん」

小吉はそう言って、酒で満たした猪口《ちょこ》をゆっくりと口に運んだ。

あの日、神田明神近くを歩いていた小吉は、

「小吉さん、じゃないのかい」

岡持を持った、自分と同い年くらいの男に声をかけられ、

「え」

ぎょっとした。

（江戸に知り合いなどいないはずだが）

そう思い用心深く相手を観察する。

「やっぱり小吉さんだ。俺だよ。水口の」

相手の言うことをそこまで聞いて、

（ああ）

小吉は思い出した。

「水口のお頭のところの五郎太さんやないか。足洗うて江戸へ出はったとは聞いとったが、こんなとこで会うとは」

「それはこっちの台詞だよ小吉さん。なんでこんなところに。犬養のお頭もご一緒なの

かい」

「ああ、実は」

小吉が何か話そうとするのを、

「こんなところで立ち話もなんだ。すぐそこに俺の店があるから」

と五郎太は自分のやっている一膳めし屋に連れて行った。

五郎太の店で、小吉は今までの経緯《いきさつ》をすべて話した。

いくら盗人仲間でも、普通なら、どこどこへどう押し入ったという話なんぞ、するものではない。しかし、この時の小吉の頭の中には、

（少しでもお頭が安らかに逝ってほしい。否、一時でも一瞬でも安らかに永らえてほしい）

という思いしかなかった。五郎太が少しでもその手助けをしてくれたらと、すがる思いで話したのだ。

五郎太は、小吉の望む以上のことをしてくれた。

五郎太は小吉の話を聞くや、

「そんな小屋に、犬養のお頭を置いといちゃいけねえや、小吉さん。駕籠《かご》を呼ぶから、

ここへ来てもらってくれ」

と、すぐさま駕籠を呼びに走ろうとする。

「ええんか」

遠慮がちに訊く小吉に、

「当たり前だ。うちのお頭と、犬養のお頭は兄弟分。さすれば犬養のお頭は俺にとっては叔父貴。できることはさせてもらうよ」

「おおきに、恩に着る」

「よしてくれ、さあ、駕籠と一緒に行って、お頭を連れてくるんだ」

五郎太は小吉に駕籠と一緒に元蔵を迎えに行かせ、自分は病人を迎える用意をした。

しばらくして、駕籠に乗せられ、二匹の犬とともに小吉に連れられてやってきた元蔵は、五郎太の知っている犬養の元蔵とはまるで別人のように年を取り弱っていた。小吉と五郎太に支えられ、ようやく店の奥、五郎太が普段起居する部屋に上がった元蔵は、五郎太の敷いた布団に寝かされた。

「すまんなあ。厄介かけて」

布団から身を起こしかけて言う元蔵を、

「無理しないでくだせえ」

と制し、

「水臭いこと言いっこなしですよ、お頭。どうか自分の家だと思って、ゆっくりしてってくだせえ」

五郎太は優しく言う。

「すまんなあ、おおきに」

元蔵は身体を横たえ、もう一度礼を言って目を閉じた。

「お医者まで、よんでもろて」

小吉がまた、感謝の言葉を口にするのを、

「もういいよ」

少々あきれ顔で止めた五郎太が、

「ところで、シロは？」

さっき尋ねたことを、もう一度訊いた。

「え、ああ」

小吉の応えは、前と同じく曖昧だ。

「もういちど、やりなさるのか、お勤め」

　五郎太は、さっきから訊きたいが訊けなかったことを口にした。

「足洗わはった五郎太さんにはかかわりのないことや。何にも聞かんといてください。これ以上の迷惑はかけとないさかいに」

「でも」

（シロはまだ、充分にしつけられてないのではないか）

　五郎太は心配そうに小吉を見つめた。

　小吉は世話になった五郎太に対して、今の自分の態度が失礼だったと気づいたのだろうか、

「すんません」

　と謝り、

「どうするか、まだ迷うてるんや」

　ポツリと言った。

「迷ってるって、シロを送り込んだんだろう」

「まあ、そうやが……聞いてくれるか、五郎太さん」

　思いつめた小吉の様子に、

「ああ、聞こう」

五郎太が身を乗り出した。

六

「実は、俺、故郷の近江に女房子供が居りますのや」

小吉の話は意外なところから始まった。五郎太は少し驚きはしたが、黙って静かに続きを待った。

「大津宿の茶店で働く女でな、名はおすみ言います。三年前に道でごろつきに絡まれてるとこを助けたっちゅう芝居みたいな馴れ初めで……」

憎からず思いあった二人は逢瀬を重ね、わりない仲になったのだが、おすみは小吉の生業《なりわい》が盗人であることを知らない。出会ったときに言った、

「京大坂を中心に、ときには遠く、東は駿河遠江から西は備前備中まで、畳表を売り歩く旅商人」

という触れ込みを、微塵《みじん》の疑いもなく信じている。だから、長く家を空《あ》けるのも当然のことと受け入れていた。

いつも一緒に居ないから、会った時は仲睦まじく、おすみもどこか初々しさを残している。そんな二人の間に、二年前に男の子ができた。名前は太吉。数え年三つと言えばかわいい盛りだ。

「かわいいだろうな」

と五郎太がいうと、

「そりゃあ、もう」

と小吉が相好《そうごう》を崩す。

(この子のためなら何でもしてやりたい)

そう思う気持ちで、お勤めにも精を出した。

普通の感覚ならば、

(それはちょっと違うだろう)

と、思うところではあるが、そこは五郎太も元は同業。何の違和感もなしに聞いていた。

「そやけど」

と小吉の顔が神妙になる。

「倅《せがれ》には、まっとうな仕事についてほしいと思てるんです」

という小吉の気持ちもまた、五郎太にはよくわかる。

女房のおすみも息子の太吉も、自分の亭主、自分の父親が盗人だとは知らない。

(自分が年老いて足を洗うまで、このまま旅商人で通そう、通せる。そして太吉を真っ当な職人にでも商人にでも育てよう。育てられる)

小吉は自信を持っていた。

しかし……。

「あれは、クマが死んだ次の日やった」

クマが死んでその日のうちに元蔵の墓の傍に葬って、空き小屋に戻った小吉は、翌日江戸を発つつもりで準備万端整えて、その夜は早めに床に就いた。

翌朝早くおきた小吉は、小屋の入り口を見て驚いた。

昨夜間違いなくかけた閂が、外されて、しかも、かける前に立てかけてあった場所に正確に戻されているではないか。

(まさか、シロが)

そう思い、小屋の隅に目を移すと、シロが、ちょこんと行儀よく座り、

「ほめて」

と言わんばかりにこちらを見ている。

（うそやろ）

小吉は信じられなかった。なぜなら、シロはまだ泥棒犬ではない。まだ何も教えていないのだ。

小吉には、頭の元蔵が、なぜクマと一緒にシロを江戸まで連れてきたのか、その理由が未だにわからない。

（お頭は、なぜシロを連れてきはったんやろ）

当時も今も、小吉は首をひねるばかりだ。

小吉を独り立ちさせるにあたり、シロをその相棒にと考えていたようだ。そのために、（クマの仕事ぶりを見せようとしたのか）

とも思うが、駿河屋へ押し込む際には、シロは小屋に置いたままだった。

いままでシロに教えたのは、お座り、待て、無駄吠えしない、他の犬や猫、その他の動物を見ても興奮しない、人を襲わないという普通の犬としての躾だけだ。小吉は近江へ戻ってからいろいろと教え込もうと思っていた。とにかくシロはまだ盗人犬としての修業を何もしていない。

（偶然だ）

そう思い、発つのをやめて、もう一晩様子をみたが、翌日も、それは昨日のことだが、やはり門は外され綺麗に片付けられていた。

衝撃だった。

シロはクマの孫だ。クマの娘コマの子だ。

コマも利口な盗人犬で、今は小吉の兄貴分狛犬の吉次の相棒だ。

（やはり血か）

そう思った時、小吉はゾッとした。

（いずれ太吉も）

息子の将来を思い、愕然となった。しかし、それを運命として受け入れるわけにはいかなかった。

小吉の目には、恋女房のおすみの穏やかな笑顔が浮かび、耳には愛しいわが子太吉の元気な声が聞こえた。

（あかん）

何としても太吉は、太吉だけは、まっとうな職につかせたい。

（どうするか）

悩んだ小吉が、一晩寝ずに考えて出した答えが、
シロをどこかの家に迷いこませ、夜その家の前に立ち、戸が開いたらシロを連れて近

江へ帰り、きっぱり盗人稼業から足を洗う。戸が開かなかったら朝になるのを待って、シロの飼い主として名乗り出てもらい受け、近江に帰り、シロの盗人犬としての修業を始める。

というものだ。

「賭けや」

小吉は、静かに、しかし、はっきりとした声で呟いた。

「で、シロはどこへ」

五郎太が問う。

「今朝、早耳屋とかいう瓦版屋に入って行きました」

「え、早耳屋」

「やっぱり知り合いでしたんか。そこの娘さんかいなあ、あの養生所の先生と親しい様子で話してはったさかいに、ひょっとしてと思たんやが……迷惑かけるかもしれへんなあ」

小吉は困惑の色を浮かべた。

「別に迷惑はかからないと思うが……不思議な縁というか何というか。これ、早耳屋の瓦版」

と、五郎太が、さっきお花から買った瓦版を卓の上に広げた。

「駿河屋吉兵衛さんて、ええお人なんやなぁ。クマのことこないに思てくれはって。クマは最後のお勤めで、わずかな時間やけど、大事にしてもろたんやなぁ」

小吉はしみじみと言い、黙った。

しばらくの沈黙の後、

「まだ時間はあるやろ。腹ごしらえしていったらええ」

と、すすめる五郎太も、いつしか上方言葉に戻っていた。

七

翌朝早く早耳屋の店先では、お花が門を手に、しきりに首をひねっている。奥から出てきた清兵衛は、その様子を見て、

「どうした、朝っぱらからしけた面《つら》して」

と声をかけた。

「確かにかけたのよ」

お花が清兵衛の方を見ずに答えた。

「何をだ」

「表の閂、確かに昨夜、巳之助さんと辰つぁんが帰った時、ここで見送って、それから……」

昨日のことをあれこれ思い出していたお花が、

「あら、あの子がいない」

と、昨日迷い込んだ犬の姿が見えないことに気づいた。

「うん？　ああ、あの犬か。閂かけ忘れたんだ。鼻で戸を押し開けて出て行ったんじゃねえのか」

清兵衛はいとも簡単に言い、

「そうかなぁ」

と、納得のいかないようすのお花を、

「朝飯の支度はできてんのか。早くしねえと、巳之助と辰吉が来ちまうぞ」

と台所へせかした。

まだ納得がいかず首をかしげながらも台所へ行こうとしたお花が、ふと、隅にかたづけてある文机の上を見ると、二寸弱の小さな紙包みが置かれていた。

(何かしら)

お花が手に取って開けてみると、小判十枚と書付があらわれた。その書付を読んだお花は、

「おとっつぁん」

大声で叫んだ。

「何でぇ、嫁入り前の娘が、何て声を出しやがるんだ」

お花の大声に驚いた清兵衛が、窘《たしな》めるように言う。いつもなら威勢よく言い返すお花だが、今は、そんな余裕もないようだ。

「これ」

といって、清兵衛に書付を渡した。

「何だ」

受け取り読んだ清兵衛も顔色が変わった。

「お花、忠吉《ただよし》さん呼んで来い」

清兵衛が叫ぶようにお花に命じる。

「わかった」

お花は、花柄の前掛けと白い襷《たすき》をはずし、外へ飛び出した。

それを見送った清兵衛が、もう一度書付に目を落とす。そこには、

〈この金を駿河屋さんにお返しください〉

と書いてあった。

お花が向かった先、それは八丁堀、南町奉行所定町廻り同心塚本忠吉の組屋敷だ。

町方同心と瓦版屋。事件の手掛かりや記事のネタを、教えられたり教えたり、持ちつ持たれつの関係だ。殊に清兵衛と忠吉の父親の忠道《ただみち》は、馬が合うというのだろうか、身分立場をこえて、三十年以上親しく付き合う仲だ。そして忠道が隠居した今も、二人の付き合いは変わらない。春の桜、夏の花火、秋の紅葉に冬の雪、その他何とでも理由をつけては一緒に酒をくみかわす。その関係で、お花も四つ年上の忠吉とは幼馴染み、兄妹同様の仲だった。

町奉行所の同心は一代限りの御雇身分だ。しかし、今や太平の世がつづくこと二百年余り。多くが父親在職のうちに息子が見習いとして出仕し、父親引退と同時にその職を引き継ぐのが慣例となっていた。

忠吉も五年前に十七歳で見習いとなり、次の年、忠道の引退でその「見習い」の文字

が取れていた。

「すみませ～ん」

お花が肩で息をしながら、塚本家の勝手口から奥に向かって声をかけた。

「あら、お花ちゃんじゃないの」

ちょうど奥から出て来た忠吉の母美佐の声に、

「何、お花が来たって」

忠吉の父忠道も顔を出した。

夫婦の間の子供は忠吉ただ一人。娘のいないこの二人は、お花のことを実の娘のように可愛く思っている。特に美佐は、清兵衛では対処しきれない年ごろの娘の母親の役割を補うことに喜びを感じているようだ。お花も美佐を実の母親のように、また忠道を第二の父親のように慕っている。

お花のあわてたようすに忠道が、

「どうした、そんなにあわてて。何かあったか」

と、心配顔で訊いた。

お花が、十両の金と一緒に〈駿河屋に返してくれ〉という書付が、知らぬ間に早耳屋

に置かれていたことを告げると、

「わかった。忠吉はさっき出掛けたところだ。今は市中見廻りに出てるだろうから直ぐにつかまるかどうか。わしが行こう。途中番屋に寄って忠吉にも来るように、ことづけたらいい」

と忠道が、張り切ってお花と一緒に出掛けようとした、その時だった。忠吉が裏口から、ひょろりと長いその身体をのぞかせた。

「やっぱりうちに来てたのか」

忠吉はお花を見て、ホッとしたように微笑《わら》った。

奉行所から市中見廻りに出て間もなく、お花が尋常でない急ぎ足で八丁堀の方角に歩いているのを見かけたそうだ。

（どうしたんだろう）

と気にしつつ、それでもお役目大事と、しばらく市中を歩いていたが、どうしても気になって戻ってきたという。

お花や忠道が訳を話すと、

「わかりました。父上のお手を煩わすこともない。早耳屋へは私が行きます。お花、行こう」

忠吉がお花を促し出ていこうとするが、

「いや、早耳屋へは俺が行く」

と忠道は譲らない。

「しかし、父上」

忠吉は迷惑げだ。

「そうですよ。あなたはもう隠居なされたんだから。出しゃばりの年寄りは嫌われますよ」

傍らから美佐も止めにかかる。それに対して、

「何ぃ、また二人して年寄り扱いして馬鹿にしおって」

と、怒ってみせた忠道が、

「いや、違うんだ」

と、息子と妻を制し、

「早耳屋には俺が行くから、忠吉は、駿河屋へ出向き主を早耳屋に連れて行って、両方から同時に話を聞くのがいいのではないか、と俺は思う」

と言う。すると、忠道のこの提案に、

「あ、そうか。それもそうですね」

と忠吉があっさり同意した。

母親と一緒になって何かと父親を年寄り扱いする忠吉だが、基本のところでは先達《せんだつ》として父親をだれよりも尊敬しているのだ。美佐も息子のそういう気持ちを承知している。満足そうに微笑んだ。が、

「無理なさらないでくださいよ。もうお年なのですから」

と辛らつな言葉で、送り出す。

（いいなあ）

お花は親子三人の会話をほのぼのと聞いていた。お花も清兵衛とはよく言いあうが、母親と息子が一緒になって父親をやり込める図は、また違う趣がある。

（おっかさんが生きていたら、うちもこんな風だったのかな）

お花は知らず知らずにそんなことを考えていた。

「さあ、お花」

忠道はそんなお花を促し早耳屋へ向かい、忠吉は日本橋呉服町の菓子屋駿河屋に向かった。

八

「なぜ、一旦盗んだ金をわざわざ返すんだ。こんな盗人、聞いたことないぞ」

早耳屋の奥の座敷で十両の金と一緒に置かれていた書付を見て、忠道が古い記憶をたどるように言った。

「父上がご存じないのなら、私が聞いたことがないのは当然ですね」

駿河屋へ飛んだ忠吉が、もう駿河屋の主吉兵衛をつれて合流していた。

「あこぎな稼ぎをしている大店ばかりを狙う、犯さず殺さず貧しきものからは奪わずって義賊で、その金を貧しい民にばらまくっていう奴なら、十年に一人くらいは出てくるが……。本人を前にして申し訳ないが、どう考えても、駿河屋はそんな奴の狙うような大店ではない。大店に入るつもりが間違えて入って、一度は銭函の金を盗って行ったが、自分の主義に反すると返しに来たか」

忠道の言うのに、

「だけど父上、あの界隈に義賊が狙うようなあこぎな商売をしている店はないと思いますが」

忠吉が疑問を呈する。

二人の会話を聞いて、

「旦那、若旦那も、旦那方の口から義賊って言葉、ちっと、まずいんじゃないですかい」

と窘めるように言うのは、岡っ引きの弥助だ。

忠道の現役の時に従っていた弥助は、四十を過ぎた今も引き続き忠吉に従っている。忠吉は自分のことを生まれた時から知っている弥助に全幅の信頼を置いていて、弥助も献身的に忠吉の若さを補っている。

「まあ、そうだが」

忠道がきまり悪そうに言ったところへお花がお茶と茶菓子を運んできた。今日の茶菓子は駿河屋の涼風だ。いつもは忠吉の好物である近所の菓子屋桔梗屋《ききょうや》の大福と決めているお花だが、今日は吉兵衛に気を使い、昨日買い求めた涼風を出したのだ。

その涼風を一口食べて、忠吉が、

「同じ奴が忍び込んだんだから、何か共通点があるはずだが」

無理に話の方向を戻そうとした。

「手口って言っても、両方とも閂のかけ忘れだし」

弥助が応じると、

「それが不思議なのよね、昨夜絶対かけたのよ」

と、お花が主張した。

「まだ、そんなこと言ってるのか。それを清兵衛が、門見てみろよ、きれいなもんじゃないか。どう見ても無理に開けられたもんじゃねえ。お前がかけ忘れたにきまってるだろ」

と、頭から否定する。

（また、始まった）

父娘の仲の良い口喧嘩を一同が微笑ましくも少々うんざりして聞いていた時、

「犬」

読売人の辰吉が、ぼそりと言った。

「え、何だ」

お花と言い合っていた清兵衛が、辰吉の方に顔を向けた。

「いえね、駿河屋さんとうち、両方に犬が迷い込んできて、その日の夜に賊に押し入られて、犬もいなくなっている」

辰吉も、だから何だというつもりはないが何となく気になったようだ。辰吉に言われて、皆も何か引っかかる。

「偶然だろ」

そういう清兵衛の言葉にも勢いがなかった。そんな空気の中、

「あっ」

忠道が小さく声を上げた。

「旦那、何か」

傍にいた弥助が問う。

「上方には、犬を使って押し込む盗賊がいると聞いたことがある気がする」

半信半疑の様子で言う忠道に、

「え、犬を使うって、どのように」

忠吉が、驚いた様子で訊いた。

「迷い犬のような格好で、狙う先に入り込ませ、その夜、犬が閂を外す。にわかに信じられなかったが、そう聞いたのを覚えている」

古い記憶をたどるように忠道が応えると、

「え、じゃあ、あの犬が」

「え、あの子が」

吉兵衛とお花が、ほとんど同時に驚いた声を上げたが、

「でも、犬が違う。駿河屋さんに居た犬は、茶色い老犬だというし、うちに居た子は、

若い白犬だもの。全然違うよ」

お花が言い募る。

「使う犬が一匹とは限らねえだろ。別に複数いても不思議じゃねえ」

と言ったのは清兵衛だ。皆これに納得した。

「でも、どうしてうちに」

お花が、新たな疑問を口にする。

「それより前に、一度盗んだものをどうして返す」

忠道が問い、間を置かず、

「真面目に商う駿河屋さんから奪ったことに、良心が痛んだか」

と自答した。

「まさか、この瓦版が」

お花が、昨日売れ残った瓦版を見る。

五両の金を盗られたことより、いなくなった犬のことを心配する駿河屋吉兵衛の優しさが泥棒の心を打った。清兵衛の反対を押し切って瓦版を出したお花としてはそんな風に思いたかった。

「上方から来た盗人が、この瓦版一枚で改心したってか」

馬鹿にしたように言う清兵衛だが、内心はまんざらでもない様子だ。

「しかし、金額が……私どもが盗られたのは、五両でございます」

吉兵衛はまだ、納得できないようだ。自分が招き入れた老犬が、盗人の仲間だとは思いたくないのかもしれない。

（いい人だなぁ）

お花がほっこりしていると、

「五両の金が十日やそこらで倍になるとは、十一《といち》の高利貸も真っ青だぜ」

辰吉がまぜっかえし、清兵衛に睨まれて首をすくめた。

「とにかく犬二匹を連れての旅だ。人目にもつくはず。旅籠《はたご》や街道をかたっぱしに聞き込みゃあ、それらしき奴を見た者も出てくるはずだ」

忠吉が同心の顔で言うと、

「その聞き込みに、一役買いますぜ」

清兵衛が、瓦版屋の顔で応じた。

「吉兵衛、この十両だが、ことがはっきりするまで奉行所の預かりということになるが、それでいいいか」

忠吉の問いに、

「もちろんでございます。私どもに異存などあろうはずがございません」

吉兵衛が応えた。

「みんな、ご苦労だった」

忠道の一言で、その場は解散となった。


「さて、どう書く？　巳之助」

皆が帰り、四人に戻った早耳屋の仕事場で、清兵衛が巳之助に尋ねる。

「駿河屋の吉兵衛さんや、塚本の旦那方には悪いが、ここは、義賊の美談とした方が受けがいいと思いやす」

と巳之助。

「俺もそう思う、で？」

清兵衛が先を促すと、巳之助は語り始めた。

「まずざっと、塚本の旦那から聞いた盗みの手口を紹介する。そして、なぜ地道に正直な商いをする駿河屋に押し入ったか。それは、犬の間違い、いや、目指す大店へ行こうとする老犬を、迷い犬だと思って心優しき吉兵衛さんが招き入れた、賊は予想外のなりゆきにどうしようかと思案したが、一旦決めたお勤めだ。今更やめるわけにはいかないと、そのまま駿河屋に押し入って、銭函の五両の金を盗っていったものの、気になって駿河屋の評判を調べるに、これが、すこぶる良い評判ばかりだ。悪口一つ聞こえてこねえ。悩んだ挙句、返すと決心、そこへあの、盗られた五両の金よりも老犬を気にする吉兵衛さんの優しさを伝える瓦版だ。迷惑料、慰謝料を含め倍額の十両を、駿河屋に返してくれと、早耳屋に置いて行った。とまあ、こんなところで、どうでやんしょ」

黙って聞いていた清兵衛が、

「さすがだな。それでいってくれ、あと、二匹の犬の特徴も頼む」

と言ったところで九つを告げる鐘が聞こえた。

「すっかり朝飯喰い損ねたぜ。腹が減っては戦ができねえ、お花、味噌汁温めろ」

お花に声をかける。

「まかせて」

と台所に行くお花に、

「お花ちゃん、悪いが握り飯にしてくれないか。喰いながら書くから」

と巳之助が願った。

九

ここは、芝増上寺の賑わいから少し離れたところにある旅籠だ。小さい宿だが小ぎれいで、少し高級感がある。行商人が泊まるようなものではなく、地方の金持ちが江戸見物で逗留するにふさわしい宿だ。

泥棒犬の瓦版はその手口の珍しさからか、そこそこ売れた。

(これで暫く、無理にネタをひねり出さなくてもいいわ)

と、お花は少しホッとした。

辻売りを終えた後、早耳屋の四人は夫々《それぞれ》手分けして売れ残った瓦版を片手に、こんな犬を連れた人間を見なかったか、犬を連れた泊まり客のあった旅籠を知らないか、聞き込みに回った。

お花の担当は、駿河屋のある日本橋呉服町だ。

お花がその辺りで、道行く人に手当たり次第に訊ね歩いていると、

「そういえば、芝増上寺辺りで、犬を連れて長逗留をしている上方の大店のご隠居がい

るって話、聞いたことがあるよ」

と、教えてくれる人があった。

「ありがとう」

と言うが早いか、お花は走った。


一気に駆けてきたきたお花は、ここ芝増上寺辺りにある旅籠の中で、大店のご隠居が泊まりそうな宿だとここに見当をつけた。

話を聞けるものが誰かいないかと裏口に回った時に、使いをいいつかったのかちょうど女中が出てきたので、瓦版を見せて、ここに書いてあるような犬を連れた客があったか聞いてみた。それに対する応えは、

「ええ、おられましたよ」

というものだった。

「え、じゃあ、ここに書いてあるような二匹の犬を連れて泊まっていたお客がいるんですね」

と、聞き返すお花の勢いに押されながらも、

「ええ、ここに書いてあるような二匹の犬をお連れになっていました。でも、泥棒だな

んて、何かの間違いですよ。だってそのご隠居様もお供の方もとても品があって、お優しい方でしたよ、二匹の犬もとても賢くてかわいくて」

と、女中は主張した。

「え、ご隠居様とお供の方って、二人連れだったんですか」

お花は大いに驚いた。忠道の話を聞いたときからなぜか何の疑いもなく賊は一人働きだと思っていた。恐らく、話した忠道も含めてあの場に居た誰もがそう思っていると思う。

(たぶん今、二人組だと知っているのは私だけだ)

俄然張り切ったお花が、

「ご隠居様っていくつぐらい。それにお供の方って、いくつぐらいで、どんな人だったんですか」

と、矢継ぎ早に質問する。

女中は、その二人にかなりいい印象を持っているようだ。何とか泥棒だなどというお花の誤解を解こうと思うのか、お花の問いに丁寧に応える。

「上方の大店のご隠居で、お年は、そうねえ、還暦は過ぎていたんじゃないかしら。小柄ですごく上品なおじいさんでしたよ。お供の方は二十五、六で背は高かったけど華奢で、それはそれは献身的にご主人のお世話をなさって……」

(だから、泥棒なんて、あなたの間違いだ)

言外にそう言っているようだ。そして、怒ったようにお花を見た。

「そうですか、じゃあ人違いかもしれませんね」

と、うわべは相手に合わせているが、お花は心の中では、

(十中八九、間違いない)

と思う。駄目押しに、

「そのご隠居様、いつ出立されました」

と訊いてみた。それに対して、

「えーと、あれは……」

女中が応えた日にちは、駿河屋に賊が押し入った日にちとぴったりと一致したのだった。

「お忙しいところ、有り難うございました」

と、お花が愛想よく礼を言う。

「人違いだってこと、わかって下さいましたか」

と、女中が訊いた。

「ええ」

と、お花は頷き、その場を辞した。

が、その帰り、

(決まりだわ、でも、二人組だったなんて、おとっぁんも巳之助さんも、辰つぁんも、思ってもみなかったんじゃないかな、驚くだろうな。早く知らせなきゃ)

と、道を急いだ。

十

(うーむ)

小石川養生所の医師橘香春は、自室で瓦版片手に考え込んだ。

昼間の暑さもようやく少しはましになった七つ半(午後五時)ごろ。これまたようやく患者が途切れ、治療部屋から自室にもどった香春は、ついさっき、年老いた母親に付き添ってきた担ぎの八百屋が帰り際に、

「おもしれえ話がのってますよ」

と、渡していった瓦版に目を落とした。それは早耳屋の瓦版だった。

「どれどれ、お花ちゃん、どんなネタをつかんだのかな」

軽い気持ちで読み始めた香春だが、読み進むうちに、眉間にしわが寄り、だんだんそのしわが深くなっていった。そして読み終わると、瓦版を握りしめ、考え込んでしまったのだ。

瓦版の記事は、もちろん今朝早耳屋に起きたことを知らせたものだ。盗賊が盗んだ金を返しに来た。それだけでも前代未聞の話なのに、その手口が犬を使うというのだ。八百屋が「面白い」というのも当然だ。

書かれてある二匹の犬の特徴から、香春は盗賊の正体を確信した。

あの日、五郎太の店で会った老人と若者、老犬と若犬。

香春には、うすうす彼らが何者であるかはわかっていた。

盗賊の頭と子分、そしてその飼い犬たち。

でも、まさかその犬を盗みに使うとは考えなかった。が、江戸者とは思えない二人の盗賊が、犬二匹を連れていることの不自然さも、これで納得がいく。

（五郎太さん、つらい立場だ）

香春は、早耳屋とも塚本忠道、忠吉親子とも昵懇の五郎太の立場を思いやった。

（私が行っても、どうなるものでもない）

とは思うが、居ても立ってもおられず、

「ちょっと出てくる」

と、養生所を後にした。

香春が五郎太の店の前まで来たとき、ちょうど仕事帰りの職人たちで込み合う店から、町同心の塚本忠吉と岡っ引きの弥助が、五郎太に送られて出てきたところだった。

「何か思い出したら知らせてくれ」

と、五郎太に言う忠吉の声が、香春に聞こえた。

「へえ、お役に立てず、申し訳ございません」

五郎太が応じている。

三人の様子から、忠吉と弥助が五郎太に、犬を使う盗賊のことを聞き込みに来たのだとわかった。五郎太は知らないと応えたか、知ってはいるが江戸へ出てきてからは会ってはいないと応えたか、いずれにしても正直には応えていないようだ。

（五郎太さん）

香春は、五郎太の立場を思い、胸が痛んだ。

「あ、香春先生」

忠吉が香春を見つけた。

「こんな時間に、急患でやすか」

弥助が訊ねた。

「ああ、今診てきたところだ」

香春の応えはどことなくぎこちない。

「それはそれはご苦労なこって」

弥助が愛想よく応じて、ふと五郎太を見ると、ひどく驚いた様子で香春を見ている。

「どうしなすった、五郎太さん」

思わず弥助が訊ねたほどだ。

「いや」

五郎太は、何でもないように振舞おうとするが、そうすればするほど様子が不自然になる。そして彼は、そんな自分の態度を怪しんでいる忠吉と弥助の視線を感じたようだ。

暫く何かを考えるように下を向いていたが、やがて暮れかけた天を仰ぎ、大きなため息を一つつくと、

「旦那、親分、もう一度店の中に戻ってくだせえやすか、お話しなければならないこと

がございやす。先生もどうぞ」

そう言って、店の中に入っていく。五郎太の態度に尋常でないものを感じた忠吉と弥助は、黙って後について行った。五郎太の想いが推し量れる香春も、その後に従った。

(来るべきではなかった)

と、後悔しながら。


店には、六組十人の客がいた。小さな店だ。空いているのは一番奥の四人掛けの席だけだった。そこへ三人を案内すると五郎太は自分も一緒に座った。が、なかなか口を開かない。その間にも、

「お銚子、おかわり」

客が願い、

「はぁい、ただ今」

忙しい時間帯だけ手伝いに来てくれている、近所の娘お多喜が忙しく店を走りまわっている。

「五郎太さん、混み入った話になる。店が終わってからでいいんじゃないか。旦那も親分も、それまで待ってやってくれないか」

香春が切り出した。

香春には、五郎太が今から何を話そうとしているのかがわかっている。元蔵と小吉のことだ。忠吉と弥助は、上方の盗賊ということで、犬を使って押し込む盗賊について何か知っていることはないか、五郎太に尋ねに来たのだろう。五郎太は、忠吉や弥助とは昵懇の間柄で、元泥棒という経験を活かし、二人の手助けをしたことも一度や二度ではない。しかし香春の見るところでは、元蔵と小吉とは昔なじみのようだった。元蔵を小吉と共に看取ったほどだ。いくら忠吉や弥助に聞かれたとはいえ、言うわけにはいかなかった。迷った末に、話さないと決めたのだろう。しかし、忠吉と弥助を送りに出たところで、香春に会った。五郎太も早耳屋の瓦版は読んでいるはずだ。香春も読んだ。読んですべてを悟りここへ来たのだと五郎太は思ったに違いない。あの少しの迷いの時は、あのまま忠吉と弥助を帰して、香春にだけ事情を打ち明けることを考えていたのかもしれない。だが、それでは二人に対して義理が立たないし香春にも迷惑だろう。そう考えて、三人に話すと決心した。そういうことだろう。

(来なければよかったか)

五郎太の辛さがわかるだけに、香春は思ったが、

(忠吉さんは若いが、もののわかった人だ。それに弥助さんもいる。悪いようにはしな

いだろう）

そう思いなおし、

（自分に何かできることはないか）

と考え、とりあえず、落ちついて話せるように、店が終わるのを待とうと提案したのだった。

香春に、

「待ってやってくれ」

と言われた忠吉だが、どういう展開になるのか、読み切れずにいた。だが、相手が香春と五郎太だ、ここは深く詮索せずに、言われたとおり待つことにした。出された酒を、

「お役目中だから」

と断り、お茶うけにと供された茄子《なす》ときゅうりの糠漬けをかじりながら、黙って客の帰るのを待った。

一時（約二時間）ほど後、客が途切れると、のれんを仕舞い、お多喜を帰し、戸締りをした五郎太が三人の待つ席にやってきた。

「お待たせいたしました」

だが、そう言ったきり黙っている。懸命に言葉を選んでいるようだが、なかなか適当な言葉が見つからないのだろう。見かねた香春が、

「五郎太さん、先日この奥で会った二人が、駿河屋さんに押し入った賊だね」

そう問いかけるかたちで、五郎太を促した。

「へえ」

五郎太がか細い声で応えるのとほぼ同時に、

「ええっ」

「なんですって」

忠吉と弥助が驚きの声を上げた。

「それは本当ですかい、先生」

弥助が香春に訊ね、

「どういうことだ」

忠吉が五郎太に迫った。

「まあまあ、そうせめたてちゃあ、五郎太さんも話し辛い」

香春が忠吉をなだめ、

「まず、あの二人との関係を聞こうか」

と、二人に代わって訊いた。

「へえ、犬養のお頭とあっしが仕えた水口の文太は、兄弟分の盃を交わした仲でございます」

「犬養のお頭というのが、ここで亡くなったご老人だね、たしか名前は元蔵さんといったか」

亡くなったという言葉に驚き、何か言おうとする忠吉を目で抑え、香春は続ける。

「あの時なぜ、ここに居たんだ」

香春のこの問いに、忠吉と弥助が、ぐっと前に乗り出した。

「出前の帰り、ばったり小吉さんに出会ったのでございます。小吉さんの話を聞くと、犬養のお頭が町はずれの小屋で寝込んでいなさるというんで、そんなところに置いておいてはと、うちに運んで、先生にも来ていただいたんでございます」

「それはいつのことだ」

たまらずに忠吉が訊きただす。

「へえ、確かあれは、六日前でございました」

(まちがいないですね)

というように、五郎太が香春を見る。香春は五郎太に頷いて見せてから、

「そうだ六日前だった」

保証するように、忠吉と弥助の方を向いて言った。

「駿河屋へ押し込んでから五日後か」

忠吉は指を折って数え、呟くように言い、

「駿河屋へ押し込んだのがその二人だということは知っていたのか」

と五郎太に訊ねた。忠吉としては、知らなかったという応えを期待した。知らなければ、ただ昔なじみの難儀を助けただけだ。何の問題もない。だが、五郎太の応えは、

「小吉さんと出会った時に、打ち明けられました」

というものだった。

(嘘でも知らなかったと言えばいいものを……)

その場の他の三人は同じ思いだったに違いない。だが、そういうことなら話によっては、五郎太をお縄にしなければならなくなるかもしれない。

「なんで」

(訴えでなかった)と忠吉が言うより先に、

「まずは、元蔵さんのことだったんだな。町はずれの空き小屋で寝込んでいる元蔵さん

を何とかせねばと」

と、香春が五郎太の思いを推し量る。

「へえ」

と、五郎太は頷いた。

「小吉さんの話では、もう長くはないと。そんなら、うちに来てもらい畳の上で死なせて差し上げよう。お医者にも見て頂こう、そう思い、迎えに行って、先生にも来ていただいたんでございます」

「今朝、早耳屋へ押し入ったのは、その小吉だな」

忠吉が訊ねる。

「へえ」

「これも事前に知っていたのか」

「へえ、昨夜ここで小吉さんから聞きやした」

「なんで、止めなかった」

昨夜の早耳屋に押し込みさえしなかったら、駿河屋に入った賊の正体が明らかになることはなかった。その日の昼間迷い込んだ茶色い老犬と深夜押し入った賊を結びつける者はいなかった。小吉は何の詮議もなしに上方へ帰れたはずだ。

「まさか十両の金、置いてくるとは思いませんでした」

五郎太が言う。

「え、それは知らなかったのか」

弥助が驚いた声を上げ、

「じゃあ、早耳屋に普通に押し込むと思っていたのか、それを止めもせずに黙って行かせたのか」

忠吉が責め立てるように言う。

「普通の押し込みじゃない。何もせずにシロだけを連れて帰る。それだけのはずだったんです」

そうだ。昨夜、小吉から聞いた話ではそうだった。金を返すなんて一言も言っていなかったのだ。

「なんだと」

忠吉は、わけがわからない。金を返すために押し込むのも理解に苦しむが、それでも、それはそれで目的はある。しかし、犬を連れて帰るだけなどと、言っているのが五郎太でなければ、とてもじゃないが信用できない。罪を逃れんがための見え透いた嘘だと考えたに違いない。だが、言っているのは五郎太だ。知り合って三年、その前歴から、御用の手助けもしてもらっている。五郎太の気性はよく知っているつもりだ。五郎太という男は、そんな見え透いた言い逃れをする男ではない。混乱する忠吉に、

「五郎太さん、我々にもわかるように説明してくれないか」

香春が助け舟を出した。五郎太は、

「何から話していいか」

と思案しているようだ。

「もう一匹の犬はどうしたんだい」

これも香春だ。自分がここへ来たばっかりに今のようなことになっている。責任を感じて、なんとか会話を円滑にと、気を使っている。

「死にました。犬養のお頭が亡くなった二日後、お頭の後を追うように」

「そうか、年を取って弱っているみたいだったが、元蔵さんが連れて行ったのかもしれないね」

「へえ、あっしもそう思いやす」

五郎太はしみじみとした口調で同意すると元蔵とその相棒の姿を追うかのように遠い目をして暫し黙った。

「それで」

香春は先を促した。

「シロは、あ、早耳屋さんに迷い込ませた犬の名前、シロというんですが、シロはまだ、泥棒犬の修業を何もしていなかったそうなんです。ちいっと話が長くなりますが……」

（よろしいですか）

と五郎太は、忠吉、弥助、香春の順に見た。

（もちろん）

香春が頷き、

（話してみろ）

（聞きますぜ）

忠吉、弥助が身を乗り出した。

「小吉さんには、近江の宿の茶店で働く女房と、今年三つになる息子がいるんでございます」

五郎太は話し始めた。

昨日、小吉から聞いた話、女房と息子は自分の亭主、自分の父親が盗人だとは知らないこと、息子には堅気《かたぎ》の仕事についてほしいと思っていること、そうできると思っていたところ先輩犬であるクマが死んだ翌朝、朝起きると何も教えてないシロが、隠れ住んでいた小屋の閂を外して「ほめて」と得意そうに座っていて驚いたこと。

「実は、シロはクマの孫なのでございます」

そこで、五郎太は少し言葉を切った。

「盗人犬の血……」

弥助がつぶやくように言った。

「クマの娘、シロの母親も、腕のいい盗人犬として働いているそうで」

五郎太が言い添える。盗人犬に腕のいいもないものだが、誰もそのことに気を留めるものはいなかった。

「われとわが子に置き換えて、心配になったか」

忠吉が溜息とともに言った。

「その通りで」

五郎太が短く応えて続ける。

「まだ何も教えられていないシロが、二日続けて小屋の閂を外し、得意そうに座っていた。それを目の当たりにして、小吉さんはゾッとしたそうです。それで、どうするか一晩考えて、賭けに出た」

五郎太は、ここで少し間をとった。すると、

「賭けとは」

と、香春がまるで合いの手のような問いを返す。

「シロをどこかに送り込んで、夜半その家の前に立ち門が外れていて戸が開いたらシロを連れて帰り、きっぱりと盗人の足を洗う。もし戸が開かなかったら、翌朝飼い主だと名乗りシロをもらい受け、上方に帰りシロの訓練を始める。というものでした。だから、まさか十両の金を置いてくるなんて、思ってもみませんでした」

五郎太の言うことに嘘はなさそうだ。早耳屋に十両の金が置かれていたことに一番驚いているのは五郎太かもしれない。

五郎太の話を聞き終えた三人は、一様に考え込んだ。

三人ともに子はいない。忠吉と香春は独り身で、弥助は二十年連れ添った女房がいるが子は授からなかった。だから、本当のところ、小吉の気持ちがわかるとは軽々しくは言ってはいけない気もする。

が、それでも三人ともに人の子だ。クマとシロの盗人犬の血を小吉がわれとわが子に置き換えた気持ち、充分想像はできる。

「なんで、そのままシロだけ連れて帰らなかったのか」

絞り出すように五郎太が言った。

「さすれば、何事もなかったのに」

と、香春が受けた。

戸は開いた。

シロは本番でも閂を外していた。

前夜決めた通り、小吉は近江へ帰り盗人の足を洗うのだろう。畳表の行商に就くのかもしれない。そして女房と一緒に息子を立派に育て上げるに違いない。

もし十両の金を置いていきさえしなければ、早耳屋では、閂をかけ忘れて犬が出て行ってしまっただけだった。

そういうことなら、駿河屋に入った盗人の正体はわからずじまい。

立場上、それを望むことはどうかと思うが、忠吉にしても弥助にしても、本心は同じだ。もはや小吉をお縄にすることなど、考えてはいなかった。

(さて、どうするか)

忠吉は、考え込んだ。

駿河屋の押し込みと早耳屋の出来事は同一犯の仕業であるということは、早耳屋の瓦版で既に江戸の人々の知るところとなっている。

五郎太の罪を問わず、小吉も見逃し、御上《おかみ》の威信も傷つけず、そして江戸の人々も納得させる。

そんなうまい手があるだろうか。

忠吉だけでなく、弥助も香春も、そしてもちろん五郎太も、一心不乱に考えた。しかしなかなかいい知恵はうかばない。

沈黙は続いた。


「五郎太さん、もう店閉めたのか、えらい早いじゃないか」

店の外で声がする。五郎太が、救われたように、店の入り口に向かう。

「おれだ。清兵衛だ。お花のやつがなまけやがって、夕飯食えねえんだ。何か食わせてくれないか」

早耳屋の清兵衛だ。お花、巳之助、辰吉もいるようだ。

(どうしましょう)

五郎太が、香春を見る。

「清兵衛さんたちならいいんじゃないかな」

香春の言葉に、忠吉と弥助が領いた。

「まだ火を落としちゃいませんから、でも残り物ばかりで、たいしたものはできませんよ」

　そう言って五郎太が、早耳屋の四人を招き入れた。

　入ってきたお花が、忠吉たちを見つけて、

「なーんだ。やっぱりここに居たんだ。奉行所へ行っても、帰ってない、今日はこのまま役所には寄らずに帰るんじゃないかって言われるし、塚本のおじさんとおばさんに聞いてもまだ帰ってないっていうし」

　と、不満そうに言い募った。

「なにかあったのか」

　少々面倒くさそうに忠吉が訊く。

「瓦版を見た人が、芝増上寺辺りで、犬を連れて長逗留している人がいるって聞いたことがあるって教えてくれたの。で、そこの女中さんに話を聞いたのよ。そしたら、確かに上方の大店のご隠居が、お供の手代と二匹の犬を連れて一月以上逗留していったって。出立した日を訊いたら、駿河屋さんが賊に入られた日だった。間違いないわ」

　お花が得意そうに報告する。

「芝増上寺近くの旅籠って、おまえ、聞き込みに行ったのか」

　あきれ顔で聞く忠吉に、

「うん」

お花はこともなげに頷いた。

(やれやれ)

忠吉はため息をつく。

稼業の瓦版屋の仕事とはいえ、聞き込みなんぞ、若い娘のする仕事ではない。まあ今度のことでは危険な目には遭わないだろうが、危険な輩《やから》が絡む事件にも、お構いなしに首を突っ込むお花のことが、忠吉は心配で仕方ない。

「それにしても、二人組だとは思わなかったわ」

忠吉の気持ちを知ってか知らずか、お花がいっぱしの意見を述べる。

「あっしもお花から聞いて、ちっと驚きました。犬を使う変わった手口から、職人肌の一人働きと勝手に思い込んでおりました」

清兵衛が言い添える。

その時だ。

清兵衛のその言葉を聞いて、

「駿河屋に押し入った人数はまだ、公《おおやけ》になってないですよね」

弥助が何か思いついたのか、声を落とした。

「ああ、俺たちも今初めて知ったところじゃないか」

(何をわかりきったことを)

と忠吉が返す。すると弥助は、今度は香春に、

「先生のお話だと、犬養の元蔵の臨終には立ち会っていなさらない――間違いないですか」

と訊いた。

「私が脈をとって帰った、その夜に息を引き取ったと聞いたが、そうだったな、五郎太さん」

香春が応え、五郎太に確認する。

「へえ、間違いございません」

五郎太が保証した。

「五郎太さん、それ、お前さんの勘違いじゃないのかい」

という弥助の言葉に、

「何を言いなさる、親分」

五郎太がむきになって応えようとするのとほぼ同時に、

「ああ」

と、香春が思い当たったように、小さく叫び、

「弥助親分、ひょっとして親分は、小吉という人間は、もともとどこにもいなかった、そう言いたいのか」

と尋ねた。

「へえ、ご推察のとおりです」

弥助が、我が意を得たりと応じる。

「先生、親分も、いったい何を……」

そこまで言った忠吉が、

「あっ」

と叫んで、相好を崩す。

「えっ、えっ」

ひとり、訳がわからず戸惑う五郎太に、香春が、

「早耳屋に忍び込み十両の金を置いてきたのは、盗賊犬養の元蔵。勿論、駿河屋に押し入ったのも同じく元蔵だ。そして元蔵は、今朝急死した」

噛んで含めるように言う。

「あっ、ああ」

ようやく次第が飲み込めた五郎太は、暫し瞑目したあと、感謝の意を込めて三人に向けて深く頭を下げた。

「ねえ、何をわからないことを言ってるの。小吉はもともといなかっただとか。誰か亡くなったの」

お花が、

（訳がわからない）

という様子で、忠吉を問い詰めにかかる。

「あとでゆっくり説明してやるから、おとなしく飯食え。俺も腹が減った。考えてみたら親分と俺、走り回っていて昼飯もまともに食ってねえや。先生もどうせ飯も食わずに五郎太のことが心配で飛んできなすったんでしょう。五郎太、俺ら三人にも飯食わせてくれ」

忠吉が言うと、

「がってん、腕によりをかけて、うまいものを作りやす」

五郎太が飛ぶように調理場に向かった。

十一

（よかったんだよね。これで）

辻売りから帰ったお花は、売れ残りの瓦版を一枚手に取り自らに言い聞かすように心の中で呟いた。

早耳屋に十両の金が置かれていた日から三日後の午後のこと。

相変わらずの暑さだ。

野良猫が表の日陰でぐったりと寝そべっている。

猫は一年で三日しか暑さを感じないときくが、今日がその三日のうちの一日なのだろうか。

お花が見つめる瓦版、そこには犬養の元蔵事件の顚末《てんまつ》がつづられていた。だが、そのどこにも小吉の名前はない。

クマを使い駿河屋に押し入ったのも、シロを手引きに早耳屋に十両の金を置いていったのも、元蔵一人がやったこと。その元蔵は、早耳屋に忍び込んだ後、急死した。行き倒れているところを、一膳めし屋の主五郎太が見つけ、親切にも自分の家に運び、知り合いの養生所の医師、橘香春を呼び、二人で看取った。素性がわからぬまま、懇意の寺に頼んで手厚く葬った。二匹の犬は、寺までは一緒についてきていたが、元蔵が葬られた後、二匹とも姿が見えなくなっていた。という内容だ。

しかしこれは、真実とは違う。

どんな力にも負けず真実を伝えること、それを一番大切にしてきた清兵衛とお花、そして巳之助と辰吉だ。

この記事を書くにあたり、悩み、迷い、考えた。四人で何度も話し合った。

そして、行きついた先、それは、何をどう書けば、誰も傷つけることなく事件の終わりを告げられるかということだった。

「これでよかったんだ」

お花はもう一度、今度は声に出して呟いた。

「え、なんだ」

傍にいた清兵衛が、聞きつけて尋ねる。

「なんでもないわ、そろそろお茶にしましょうか」

お花は明るく言うと、台所に向かう。

「邪魔するぜ」

忠吉が弥助とともに入ってきた。お花は振り返り、

「あらあら、忠吉さんのくちばしの長いこと。これからお茶にしようとしていたところよ」

憎まれ口をたたき、台所へ入っていく。

「こら、忠吉さんに、なんて口をききやがる」

清兵衛がお花の背中に向かって怒鳴り、

「ったく、誰に似たのかねぇ」

と、忠吉と弥助の方を見て、ため息をついた。

「そっくりじゃないか」

奥の棚の前で紙の整理をしていた辰吉がぼそとつぶやいたのに、

「なんだと」

と怒鳴っておいて、

「あの一件、片付きましたか」

忠吉に訊いた。

「ああ、なんとかうまく片が付いたよ。全く、駿河屋も黙って十両の金、有り難くもらっておけばいいものを。盗られたのは五両だと言い張って、あとの五両をどうしても受け取ろうとはしない。といって、奉行所でどうこうすることもなぁ。でな、弥助と一緒に無い知恵を絞って、一旦、十両を駿河屋に受け取らせて、その中から五両を養生所に寄付するということで、なんとか駿河屋を納得させた」

忠吉が、さも大変だったというように清兵衛の方を見て苦笑する。

「そりゃあようござんした。今度の件で、五郎太さんの次に気をもんだのは香春先生ですからね」

清兵衛が言うと、

「あの先生は、何でも抱え込みなさるから」

弥助が、半ば呆れたように、しかし半ば感心したように呟く。

そこへ、お花が桔梗屋の大福を山と盛った菓子鉢とお茶を運んできた。

「さあさ、たんと召し上がれ」

「お、大福に戻ったな」

どこか嬉しそうにいう忠吉に、

「ええ、涼風のような上等なお菓子を毎日出せるほど、うちの瓦版は売れてはいませんから」

お花がすまして応える。

「違《ちげ》えねえや」

あまりにも素直に認める清兵衛に、みんながどっと笑った。

その笑い声に起こされたのか、表の猫がぐわっと伸びをすると、少し動いた日陰を追って場所を移し、まただらりと横になった。

第二話　過ぎた女房

一

ここは、神田明神近くの瓦版屋早耳屋。

主の清兵衛と娘のお花、聞き書き人の巳之助と読売人の辰吉が、朝餉をすまし店に出てきた。

「さてと、今日はどの辺を廻るかな」

と、独り言のように言う巳之助に、

「俺は、お城の向こう側まで足を延ばしてみますよ。何かあっちで事が起きそうな予感がするんでさ」

と、辰吉が自信ありげに返した。すると、それを聞いた清兵衛が、

「お、そうか、そういう勘は大事だぞ。お花も辰と一緒に行ったらどうだ」

と、お花に言う。が、どこまで本気なのかわからない。言われたお花は、

「だめだめ、辰つぁんの勘は全くあてにならないんだから。うーん、どうしようかな。日本橋の方へでも行ってみるわ」

と、辰吉の勘など頭から信じていない。

「あ、言ったな、お花ちゃんがびっくりするようなネタ拾ってくるからな」

と、自分の勘をばかにされた辰吉が、お花に向かって言い掛けて、

「あてにしないで待ってるわ」

と、お花に返され、

「お花ちゃんにはかなわねぇや」

笑いながら、

「行ってきます」

と、出かけて行った。若い二人のやり取りを笑顔で見ていた巳之助は、同じく笑顔の清兵衛に、

「じゃあ、あっしは北町辺りを歩いてきます」

と言って、出て行く。続いて、お花も、

「それじゃあ、おとっつぁん、私も行くわ」

と、早耳屋を後にした。

元気に駆けて行くお花の背中に、

「暑いから、気ぃ付けて行けよ」

と、清兵衛が優しく怒鳴る。

早耳屋、いつもの朝の風景だ。

二

真夏の朝、青々と茂った木立の中で油蟬がやかましく鳴いている。ぎらぎらと照りつける太陽のもと、南町奉行所定町廻り同心塚本忠吉は、吹き出る汗を拭いながら一里半の道のりを歩き、牛込御納戸町にある無外流永原道場の門をくぐった。

「忠吉、久しぶりだな」

通いの弟子たちにあてがわれた控えの部屋で稽古着に着替え道場に入って行った忠吉を見つけ、一番に声をかけたのは、住み込み師範の相田《あいだ》卯三郎《うさぶろう》だ。

相田は旗本の庶子で、幼少期を市井《しせい》で過ごした。成長して相田の家に入るが、家風になじめなかったのか、自ら希望してここ永原道場の内弟子として住み込んだ。以来二十年。多くの武家の次三男が剣を出世の道具と考える昨今、相田は剣一筋、三十五歳になる現在まで道場に住み込んで、日々の修業の傍ら、今では師範として後進の指導に当たっている。稽古は厳しいが誠実で普段は温厚な人柄の相田は、弟子たちから信頼され慕われていた。若手随一の腕と自他ともに認める忠吉にとっても、一目も二目も置く存在だ。

「これは師範、ご無沙汰しております」

忠吉は、深々と頭を下げた。

「まあ、お役目で忙しくしているのはわかっているが、非番の日ぐらい、もう少し顔を見せろよ」

そう言いながら相田は、道場の隅の方に目をやった。つられて忠吉が同じ方向を見ると、そこには初めて見る若者が黙々と竹刀を振っていた。

（できる！）

一目で忠吉は若者の資質を見抜いた。

調和のとれた身のこなしの美しさ、それはおそらく天性のものだ。たぶん忠吉は知らず知らずに凝視していたのだろう。その様子を見て、

「わかるか」

と、相田が嬉しそうに訊いた。

「はい」

忠吉が視線を若者に向けたまま応えると、

「初めてだったか」

相田は、今気づいたように訊ねた。

「はい、見かけたことのない者です」

「そうだったか。一昨年の正月から通ってきてはいたんだが、数え年十四で、まだ身体ができていなかったから……去年十五になって、背丈も伸びて肩幅もがっしりしてきたんで、春に初めて竹刀を握らせてみたんだが、そうしたら、これがびっくりするほどすごかった。すぐに切り紙、そして、みるみるうちに腕を上げ、四月には目録を授けられた」

「へえ」

「勘定方の役人の子だ。あ、違うか、父親は去年隠居したから正確には勘定方の役人の弟ということになるのか。そうだ、お前、確か山口公明《やまぐちきみあき》とは仲が良かったな、あいつの弟だよ」

「え、なんですって、師範、それは本当ですか」

忠吉は驚いた声をあげた。

山口公明。

勘定所の役人で、忠吉と知り合ったときは支配勘定役見習いだった。年は忠吉より二歳下だから今年で二十歳になったはずだ。そんな公明と忠吉は三年前、ひょんなことから縁ができた。以来、お互い仕事があるし、嗜好もまるで違うから滅多に会うことはないのだが、ともにお互いを特別な存在だと認めあう仲だ。

その公明だが、役目柄と言ってもいいのだろうか、算術には非凡の才があるものの、剣術はからっきし。普通の者が一年足らずで授けられる切り紙を、五年もかかってやっとのことと温情でもらったという、それはもう、傍で見ていても気の毒になるほどなのだ。

(あの山口公明の弟が)

驚いている忠吉に、

「ちょっと信じられんだろう」

と楽しげに相田が言う。

「はい。で、公明は、相変わらずですか」

忠吉が訊ねると、

「それが、今年の初めごろから、あまり来なくなった。支配勘定から平勘定に出世してお役目が忙しくなったというが、どうなのかな。どうしても弟と比べられる。兄としてはなぁ」

相田は気の毒そうに溜息をつき、

「弟、一《はじめ》っていうんだ。山口一。まあ、機会があったら打ち込みの相手でもしてやってくれ」

そう言うと、別の弟子たちの指導に行ってしまった。

相田の背を目で追いながら、

（いや、ちがう）

忠吉はにんまりと笑った。

公明が道場へ来なくなった理由、それは、できる弟への引け目からではない。そんなことで来られなくなるなら、これまでも通って来られなかったはずだ。公明の剣の腕は、実の弟だけでなく、弟弟子全員に引け目を感じなければならないほどの筋金入りのどうしようもないものなのだから。

（お光さんが嫁に行ったからだ）

忠吉は確信する。

数年前から、井坂幸内《いさかこうない》という初老の浪人者が、道場の近くの寺を借りて、子供たちに読み書きそろばんを教えている。そこを手伝う娘のお光が、器量も気立ても飛び切りで、道場へ通う若侍たちの憧れの的だった。お光の姿を見るために道場へ通っている者も少なくなかった。大半の者たちは道場への行き帰り、用もないのに寺の中をうろつき、お光と言葉を交わすのを楽しみにしていた。

忠吉とて例外ではない。というより、若手随一の腕と皆が認める忠吉が、一番親しく話していた。そして忠吉は、公明がいつも若侍たちの一番うしろで黙ってお光を見つめていることに気づいていた。

そのお光が、去年の暮れに、日本橋本町の薬種問屋武田屋の主夫婦から息子の嫁にと望まれて嫁いだ。武田屋と言えば、複数の大名家に出入りのある大店だ。玉の輿には違いない。お光の良縁を祝いながらも、若侍たちの落胆は如何《いか》ばかりであったことか。かく言う忠吉も、その話を聞いて数日は何か気だるく、ちょうど非番で時間もあったが道場へ来る気がしなかった。

恐らく公明もそうなのだろう。支配勘定から平勘定に出世してお役目が忙しくなったなどというのは口実だ。

（わかりやすい奴だ）

忠吉は公明の真面目な顔を思い浮かべ、もう一度にんまりと笑った。

三

御納戸町の拝領屋敷で、山口公明は今書き上げたばかりの冊子を目の高さに持ち上げて一読し、欠伸《あくび》を嚙み殺しながら独りごちた。

「ま、これでいいか」

非番の朝、公明はいつもより少し早く起きると、朝餉前に机に向かった。近所の寺で子供たちに読み書きそろばんを教える浪人井坂幸内とその娘のお光に頼まれた算術の問題を作るためだ。

公明はお光に頼まれると嫌とは言えない。と言っても二人は残念ながら恋仲でも何でもない。残念ながらと書いたが、これは多分に公明の方の気持ちだ。そう、公明は約三年、勝手にお光に岡惚れしている。一方、お光は、公明のことなど歯牙にもかけていない。ただ寺小屋で使う算術の問題を嫌な顔もせず快く作ってくれる親切な若侍、それだけの相手だ。公明もそのことは哀しいほどよくわかっている。

しかもお光は去年の暮れに、日本橋本町の薬種問屋武田屋の主夫婦に息子の嫁にと望まれて嫁いだ人妻だ。もはやどんな奇跡が起ころうとも、公明の想いがお光にとどくことはない。

それでも、嫁いだ後も独り暮らしの父親を心配して時々寺子屋の手伝いに来ているお光に頼まれると、嫌とは言えないどころか、嬉々として問題作りに励んでしまう。

自分でも、

(なんて馬鹿なんだ)

とは思う。だが、作った問題を渡したときに、

「有り難うございます」

と微笑むお光を前にすると、嬉しさに全身の力が抜け、だらしなく膝から崩れ落ちそうになる。それをかろうじて堪《こら》え、

「お安い御用ですよ。また必要なときは何時でも言ってくださいね」

やっとの思いでそれだけ言うとその後は、別に悪いことをしたわけではないのに、逃げるようにその場を離れるのだった。

今日も今日とて公明は、急いで朝餉をすますと書き上げた冊子をもって、いそいそと

お光が手伝いに来ているであろう寺の門をくぐった。

その時だ。

「父上！」

お光の父親、井坂幸内が寺子屋として借りている本堂の方から、若い女の叫び声が聞こえた。

（お光さんの声だ）

公明は、何事かと声の方へ走った。そして、

「お光さん、どうしました」

と、呆然と立ち尽くすお光の背中に声をかけた。

振り向いたお光の顔は蒼ざめている。そしてその足下には、お光の父、井坂幸内が倒れていた。

「山口さま、父が、父が」

と、お光が叫ぶ。

公明は駆け寄って、

「井坂さん、井坂さん」

仰向けに倒れている井坂の身体をゆすぶった。そして、意識のないのを認めると、鼻

のところに手をかざした。かすかだが――

「息はある」

公明が言うと、お光はいささかほっとした様子だ。

「お医者様を」

と走ろうとする。

「待って。お光さんは父上の傍に。医者は私が呼んでくる。かかりつけの医者はいますか」

「いいえ、父も私も丈夫で、風邪も滅多にひきませんから」

「わかりました」

言うが早いか公明は走った。

自分のかかりつけの医者を連れてくるつもりだ。

自慢じゃないが生来の病弱。医者との縁は深いのだ。

山口家のかかりつけの医者は、小石川養生所の橘香春。香春の父親がこの近くで開業していた時からの縁だ。が、ここから小石川まで約二十町。

（もっと近いところで適当な医者を探すか）

とも考えたが、もたもたと探しているより、

（一気に小石川まで走った方が早い）

と思いなおし、養生所目指して駆けに駆けた。

公明が養生所に着いたとき、もうその日の診療が始まっていた。

公明の話を聞いた香春医師は、待合に居る五人の患者の診察を他の医師に任せて、井坂のところに行くことにしてくれた。

そして香春は、二十町の道のりを全力で走ってへろへろになっている公明を、

「御納戸町の高安寺だな。わかった。君は少し休んでから、ゆっくり来ればいい」

と、気遣うことも忘れなかった。

公明が香春よりかなり遅れて高安寺に着くと、井坂の身体は寺の裏手にある井坂が住まう長屋に運ばれていた。

意識はまだ戻っていないようだ。

香春が診たところ、井坂の頭に傷があった。何かにぶつけたような傷だ。

井坂が倒れていたところに大きな庭石があるが、その石にべっとりと血がついていた。石の重さは二十貫はゆうにあると思われる。

そのことから、その石で殴られたとは考えにくい。おそらく倒れた時に、石に頭をぶつけたのだろう。

倒れた原因、他人に倒されたものか、何かでふらつき自ら倒れたものなのか、そこまでは香春にもわからなかった。

四

「北の連中は、誰かに襲われ、突き倒されて怪我させられたってことで動いているのか」

主の清兵衛が、北町奉行所付近の聞き込みから帰った聞き書き人の巳之助の報告を受けて、訊いた。

ここは、神田明神近くにある瓦版屋の早耳屋。

お城の向こう側の出来事だが、早耳屋の屋号は伊達じゃない。

御納戸町の高安寺の境内で寺子屋の師匠井坂幸内が倒れているのを、井坂の娘のお光が見つけたのが朝五つ（午前八時）ごろ。それを、ネタ拾いに町に出ていた読売人の辰吉が小耳にはさみ、持ち帰ったのが四つ（午前十時）過ぎだ。

事件かどうかも分からぬままに、他にめぼしい事件はないし、

「調べてみるか」

ということになり、娘のお花、巳之助、辰吉が、聞き込みに飛んだ。

そして八つ（午後二時頃）を少し過ぎた今、まず巳之助が今月の月番の北町奉行所あたりで聞き込んで帰って来たのだった。


「へえ、初めの頃は自分で転んだんだろうって決めつけて、ろくな調べもしなかったようなんです。それが、昨日の昼過ぎに、倒れていた寺小屋の師匠井坂さんと、日本橋本町の薬種問屋武田屋の若旦那、健太郎さんっていうんですが、その若旦那とが言い争っていたという聞き込みがあったとたん、『それだ』『下手人は武田屋の健太郎だ』ってんで、早速日本橋へ飛んで、有無を言わさず若旦那をお縄にしたらしいです」

巳之助が自分が聞き込んだことであるにもかかわらず、あまり勢いづいていないのは、事件の進展がどうにも腑に落ちないからだろう。

「なんだって、もうお縄にしただと。恐ろしく早ぇじゃねぇか。何か動かぬ証拠でもで

たのか」

と、清兵衛も意外な様子で訊ねる。

「いいえ、それはどうでしょうか。証拠も何も、その周辺《あたり》を調べてる間も、ろくになかったんじゃないですか」

と、巳之助が応えると、

「だよなあ」

「へえ」

と、清兵衛と巳之助、二人して首をひねった。

「薬種問屋武田屋といやあ、大名家に出入りもある大店じゃないか。そもそも、その寺小屋の師匠、井坂さんっていったか、そのお人と武田屋の若旦那と、どういうかかわりがあるんだ。まさか、寺小屋の師匠と大店の若旦那が、出会いがしらの喧嘩でもあるまい」

清兵衛のその疑問に答えたのは、辰吉と一緒に高安寺の現場の聞き込みから帰って来たお花だ。

「井坂さんの娘さん、お光さんが健太郎さんのおかみさん」

なんだかひどく機嫌が悪い。

横で辰吉が、何か意味ありげににやにやしている。

(現場に忠吉さんも来ていて、喧嘩でもしたか)

と思った清兵衛だが、いつものことだと、

「じゃあ、舅婿の関係か」

気にせず話を続けた。

「半年前に武田屋さんご夫婦に息子の嫁にと望まれてお嫁に入ったんだって。自分の父親が怪我をして意識がない、それだけでも大変なのに、怪我させたのが自分の亭主だなんて、さぞ辛いだろう。かわいそうにって、忠吉さんがえらく同情してらっしゃいました」

お花は、嫌味な言い方でそういうと、

「あーあ、おなかすいた。そうめんでも茹でるわ」

と、ぷりぷりした様子で台所に入って行った。

「お前らも昼飯食いそこねたんだろ、俺もなんだかんだあって食いそびれた」

と、巳之助と辰吉に言ってから、清兵衛が、

「四人分だ」

と、台所に向かって怒鳴った。すると、

「わかってる」

と、お花が怒鳴り返す。凄まじい権幕だ。

「何を怒っていやがるんだ」

清兵衛が辰吉に訊いた。

「現場の寺が塚本の若旦那の通っていなさる剣術道場の近くなんで」

そこで言葉を切った辰吉は、どこか楽しそうだ。

「うん、それで」

と、清兵衛が先を促す。

「娘のお光さんってお人、評判の器量よしで」

辰吉がそこまで言った時、

「ああ」

巳之助が思い当たったように声を上げた。そして、

「ん、何だ」

と、わかっていない清兵衛に、

「お花ちゃんも年頃の娘ってことですよ」

と、笑顔を向ける。

「え」

「お光さんと忠吉さんは知り合いだった。そして、忠吉さんはお光さんにひどく同情し、心配していた。たぶん非番なのに、お光さんのために精出して動いていたんでしょう」

と、巳之助。

「妬いているってか」

やっと、巳之助と辰吉の言っている意味が呑み込めた清兵衛は、驚いたようすだ。

「まだまだ子供だと思っていたら……」

と、何とも言えない表情で呟き、そして黙った。


人間、腹が満ちると少しは冷静になるらしい。そうめんで遅い昼食を摂ったのちのお花は、いくぶんか落ち着いたようだ。

「それにしても、井坂さんと武田屋の若旦那健太郎さんとの言い争いの原因は何なんだろう」

と、まともな疑問を口にした。

「それもわからねえが、北町がなんでこうも早く健太郎さんをお縄にしたのか。なにか急ぎ過ぎという気がしてならないんですがね」

と、しきりに首をひねるのは、聞き書き人の巳之助だ。

お花と巳之助、どちらも自分で調べて来たことが、何とも腑に落ちないらしい。

「よし、それじゃあその二つに絞って調べるか。巳之助は、北町が健太郎さんをお縄にした訳を調べてくれ。辰吉とお花は、井坂さんと健太郎さんの諍《いさか》いの理由だ。寺の近所と、武田屋の周辺、両方で聞き込むんだ」

清兵衛が指示を出すと、

「合点」

「承知」

「任せて」

と、三人が飛び出した。

「お花」

いったん三人を見送った清兵衛が、お花を呼び止めた。

「何？」

と、お花が振り返る。

「気ぃつけていけ」

清兵衛が言うと、

「わかってる」

お花は短く応えて走って行った。

三人を見送った後、清兵衛も、

「さてと、俺は、香春先生に話聞いてくるか。殺しということになりゃあ、書き方も違ってくるってもんだ」

と独りごちて、出かけて行った。

五

「ご亭主は昨夜は帰らなかったのかい」

忠吉が、お光に訊ねた。

ここは高安寺の近くにある汁粉屋だ。忠吉とお光が向かい合わせに、そしてもうひとり、忠吉の隣には、勘定所勘定役の山口公明が、深刻な様子で座っている。

今朝、道場で久しぶりに汗を流した忠吉は、四つ半（午前十一時）過ぎ、これまた久しぶりに、井坂幸内が寺小屋を開く高安寺へと足を向けた。

（お光さんは、いるだろうか）

（嫁に行ったのだから、いるわけないか）

（いや、一人暮らしの父親を心配して、ちょくちょく顔をみせているという。ひょっとしたら会えるかもしれない）

色々思いを巡らせながら境内を本堂に向かって歩いて行くと、なんだか様子がおかしい。いつもなら手習いの子供たちの元気な声が聞こえてくるのに、今日は妙に静かだ。

（どうしたんだろう）

と思って歩いていると、本堂の方から、見知った顔が歩いてくる。年の頃なら三十凸《でこ》凹《ぼこ》、小柄でせかせかと歩くあの歩き方は、北の同心、木村佐平治に仕える岡っ引きの仙太だ。

「仙太じゃないか」

忠吉が声をかける。

「あ、塚本の旦那じゃございやせんか、非番の南の旦那がどうしてここに」

仙太は、何故か迷惑げだ。

「道場の帰りに立ち寄ったまでだが、何かあったか」

忠吉の問いに、

「ああ、さようでございやしたか、いえね、ちょっとしたことで。下手人の目星はつきやしたんで、どうかご懸念なく」

と応え、忠吉に問い返す間も与えずに、

「じゃあ、あっしはこれで」

と、さっさと行ってしまった。

(下手人って……いったい何があったんだ)

不安に駆られた忠吉が、寺の裏手にある井坂の住む長屋に向かって歩き始めた、その時、

「忠吉さん」

と、呼ぶ声がする。忠吉が声の方を見ると、養生所の香春医師が井坂の長屋の方から歩いてくる。

「香春先生」

忠吉は、香春に駆け寄って、

「何かありましたか」

と、訊いた。

「ああ、今朝、この寺で子供たちに読み書きを教えている井坂幸内という浪人が倒れていたんだ。訪ねてきた娘さんが見つけたんだが、石で頭を打ったらしく、意識がない」

「え、石で頭を殴られたんですか。誰がそんな……」

「おいおい、そう決めつけちゃいかん。転んだ拍子に頭を打ったのかもしれんじゃないか」

「でも、今、北の岡っ引きが、下手人の目星がついたって……」

「そんな馬鹿な。あいつら、ろくな調べもしてないぞ」

「本当ですか。どういうことだ、で、お光さんは」

「ああ、父上についているよ、あれ、忠吉さん、知り合いだったのか」

香春は、忠吉がお光の名前を知っているとわかって訊いた。

「ええ。私の通っている剣術の道場がこの近くにあるので」

と、忠吉が応えると、

「そうだったのか」

と感慨深げに言ってから、ふと思いついたように、

「じゃあ、ひょっとして山口公明という勘定所のお役人も知ってるんじゃないか」

と訊ねた。

「え、先生は公明をご存じなんですか」

「ご存じも何も、生まれた時から私の患者だよ」

「そうなんですか、世の中狭いですね」

「本当に。今日、私のところに知らせに来たのは、その公明くんだ」

「なんですって、で、公明は」

「井坂さんについてる、いや、井坂さんについてるお光さんについてると言った方が正確だな。優しい子だから、井坂さんのことを心配するお光さん残して、帰るに帰れなくなってるんじゃないかな」

二十歳の役人をつかまえて、『優しい子』もないものだが、それだけ香春が公明のことを子供のころからよく知っているということなのだろう。

「で、どうなんですか、井坂さんの容体は。お光さんも嫁に行った身、井坂さんが普通に生活できるようになるまで、このままずっとここでお世話するってわけにはいかないでしょうし」

と、忠吉が心配顔で訊ねる。

「それなんだ。できれば養生所に入れたいところなんだが、頭を打っているからね。できるだけ動かしたくないんだ。幸い、武田屋さんご夫婦はものの分かった人らしいから、井坂さんを動かしても大丈夫になるまで、ここで看病できるようにお願いする使いを、今出したところだ」

「そうですか、許されるといいですね」

「まさか、否とは言わんだろう」

香春はそう言ってから、

「私は、一度養生所に帰って、必要な薬を取って来る。戻ってくるのは、夕方になるかもしれん。養生所にも気になる患者がいるんでね。忠吉さんは、これからどうする」

と訊ねる。

「とりあえず、井坂さんの様子を見てきます。それに、北の岡っ引きの『下手人の目星はついた』という言葉も気になります。そこらへん、調べてみたいと思います」

そう言って忠吉と香春が別れようとしたときに、

「忠吉さん」

また、自分を呼ぶ声がする。忠吉が声の方を見ると、山口公明が慌てた様子で走って来る。

「よかった、近くにいてくれて。八丁堀まで走らなけりゃあならないと思ってたんですよ。それに先生も、まだいてくれてよかった」

と、公明が肩で息をしながら言う。

「どうした、公明」

「公明くん、どうした」

忠吉と香春が同時に訊く。

「今、武田屋さんから知らせが来て、若旦那の健太郎さんが、井坂さんを怪我させた下手人としてお縄になったって」

公明の意外な言葉に、

「なんだと」

「どういうことだ」

忠吉と香春が、また同時に叫んだ。

とにかく香春は一度養生所に帰らなければならないということで、井坂とお光のことを気にかけつつも帰って行った。残った忠吉と公明は、お光のもとに急ぐ。

(父親を怪我させたのが自分の夫だなんて、何という悲劇か)

(どれほど傷ついていることだろう)

お光に心を寄せる二人だ。お光の気持ちを思うと、心が痛んだ。

(お光さんのために何ができるか)

（そもそも、武田屋の若旦那、健太郎が下手人だと決まったわけではない）

（そうだ、北町の連中は、ろくに調べもしていない）

（あいつら、なぜ、そんなに事を急ぐ）

（なにか、裏があるんじゃないか）

井坂の長屋へ着くまでに、二人は無言で考えた。そして、長屋の引き戸を開ける前に、

「やるか」

「はい」

以心伝心、頷きあった。


（まずは、お光さんの話が聞きたい）

忠吉はそう思い、ちょうど手習いの子供の母親が三人、心配して様子を見に来てくれたのを幸いに、その母親たちに少しの間、井坂の看護を任せ、自分と同じ思いであろう公明と共に、お光を連れ出し、近くの汁粉屋に入った。

その店は、忠吉と公明にとっては稽古の後の空腹を満たす馴染みの店だ。そこで汁粉を食べながら、お光に話を聞こうというのだ。

店に向かう途中で、お花と辰吉を見かけ言葉を交わした。二人も井坂の件を調べてい

るらしい。話している途中でお花の機嫌がえらく悪くなった。

（なんだ、どうした）

と不思議に思わぬではなかったが、忠吉としては、そんなことは気にしている場合ではなかった。

「何かわかったら知らせるから」

と早々に別れ、この汁粉屋に入ったのだ。


「ご亭主は、昨夜は帰らなかったのか」

と、忠吉がお光に訊いた。

朝方強めの雨が降った。雨はじきに止んだが、地面は濡れて、井坂の着物も濡れていた。しかし、井坂の身体の下の地面はあまり濡れていなかった。ということは、井坂の倒れたのは朝方雨が降る前ということになる。健太郎が昨夜家に居たのなら、下手人ではない。忠吉も公明も「いいえ」という応えを期待した。

だが、お光の応えは、「はい」だった。

昨夜だけではない。ここ二月《ふたつき》ほど、ほとんど毎晩出かけていき、三日に一度は朝帰りだという。見かねて父親の太兵衛が小言をいうと、その日の晩だけは家にいるが、あくる日からまた出かけて行くらしい。

「私のことが気に入らないんです」

小声でそう言うお光は、ひどく辛そうに見える。

（許せない）

と公明が健太郎に腹を立てているのが、忠吉には手に取るようにわかる。かくいう忠吉も、相当に怒っている。

（このまま下手人として、死罪にでも遠島にでもなればいい）

とさえ思うほどだ。

だが、それではお光が余計つらい思いをする。

忠吉は、何とか気を取り直して、

（もし下手人でないならば、その証《あかし》を立ててやろう）

と知恵を絞った。

そんな時、

「毎晩どこへ行っているんだ」

公明が、独り言のように言う。

（この馬鹿が。男が夜に出かけるのだ。吉原か岡場所か、女のところに決まってるじゃ

ないか)

忠吉は、そう叫んで張り倒してやりたい衝撃を辛うじて堪えた。お光がどんな気持ちになるか。そんな忠吉の気持ちを知ってか知らずか、お光は、

「女の人がいるみたいです」

ぼそりと言った。ひどく寂しげだ。

「なんですって」

と、叫んだのは公明だ。心底驚き、憤っている。

(おいおい、うすうす、わかっていたことじゃないのか。さっきからのお前の静かな怒りは何だったんだ。単にお光さんを一人残して、毎晩出掛けることだけへの怒りだったのか)

忠吉は、公明の二十歳という年齢を考えると過ぎると思えるほどの純粋さに、心底呆れていた。そして、そんな公明のおかげで、自分も腹は立つものの、まずは冷静さを保っていられることに気がついた。

「そのことをお父上、井坂さんに話したことはありますか」

(娘のために健太郎に抗議をしたか、それが二人の諍いの原因か)

忠吉の質問には、言外にそういう意味が込められていた。

それに対して、お光は無言で首を横に振った。

そりゃあそうだろう。母親にならともかくも、娘が父親に、夫の浮気の相談などできるものではない。

（馬鹿なことを訊いたか）

と、忠吉が思っていると、

「でも、知っていたかもしれません」

と、お光が伏し目がちに言う。そう言ってから、父親のことが心配になったのだろうか、

「そろそろ帰らないと。お母様方にも御用がおありでしょうから」

と席を立とうとする。

「そうですね。送ります」

忠吉も、怒り疲れたのか元気のなくなった公明を促し、席を立った。

六

（他愛ないな）

清兵衛が、さも愛しげに目を細めた。

清兵衛の視線の先では、お花と忠吉が、高安寺の事件について仲良く話し合っている。

暮れ六つ（午後六時頃）前の早耳屋。

清兵衛が、養生所で香春医師から話を聞いて帰ってくると、日本橋本町の武田屋の近所で聞き込みをしてきたお花が、一足先に帰っていた。そしてそのあと訪ねてきたものか、ひょっとしたら聞き込み先で出会って一緒に帰ってきたのか、お花の横に忠吉も居た。

昼間あんなにぷりぷりしていたお花だが、武田屋の近所でどんな話を聞き込んできたのか、すっかり機嫌がなおっていた。

いや、それはちょっと違う。

こんどは、お光の夫健太郎に腹を立てているようだ。

「一緒になってまだ半年なのに、毎晩女のところに出かけるなんて、お光さんがかわいそうだ」

と。そして、

「そんな不実な亭主、島流しにでもなればいい」

とか、乱暴なことを言っている。

「おい、まだ健太郎が下手人だという証はなにもないんだぞ」

忠吉がなだめるが、

「でも、北町がお縄にしたんでしょ。何かあるんじゃないの」

と、お花は不実な健太郎が許せないらしい。そんなお花の態度に、忠吉は、清兵衛の方を向き、

(やれやれ)

という表情で溜息をついた。

その時、

「おそくなりやした」

と、帰ってきたのは北町あたりの聞き込みに行っていた巳之助だ。何かつかんだのか、その声には普段よりも少しだけ張りがあった。

「何かつかんだようだな」

清兵衛が期待を込めて尋ねる。

「へえ、ちっと面白れぇことを耳にしやした」

巳之助は、にんまりと笑った。

「聞かせろ」

と清兵衛が言うと、お花と忠吉も巳之助の方にぐっと身を乗り出した。

「北の同心で、木村佐平治ってお人、ご存じですかい」

と、巳之助が、忠吉に訊く。

「ああ、知ってる。あまりいい評判はきかねえやつだ」

と、忠吉が少し遠慮気味に言うと、

「いい評判どころか、大店の弱み握ってゆすりまがいに袖の下を要求するっていうもっぱらの噂で」

と、巳之助がこき下ろした。

「その木村佐平治が、どうかしたか」

清兵衛が先を促す。

「その木村の旦那を袖の下で手なずけて便利に使っている大店がありましてね」

と、巳之助が語り始めた。

「へえ、悪徳同心を便利に使うか、上には上があるもんだな。何処でぇ、その大店ってのは」

と合いの手のように清兵衛が訊く。

「日本橋本町の薬種問屋越中屋でさ」

巳之助が短く応える。

「越中屋といやぁ、かなりの大店だ。確か去年、紀州様の御用を武田屋と争ったんじゃなかったか」

と清兵衛が言った。瓦版に載せるまでの話ではなかったが、なんとなく頭の片隅に残っていたのだ。

「へえ、その通りで。堅物の紀州様のお役人に袖の下を渡そうとして、かえって心証を悪くしたとかで、まあそれだけではないんでしょうが、紀州様の御用は武田屋に決まったそうです」

巳之助がそう応えると、

「なんだか、話が読めてきたぜ。そのことを根に持った越中屋が、武田屋をどうにかしてほしいと木村さんに頼んだんだな」

と、忠吉がいささか決めつけたように言う。

「そうですね。舅にけがをさせた、いや殺そうとしたってことになると、健太郎さん本人はもちろんだが、武田屋のお店だって、ただでは済まないですからね。日ごろ『武田屋を何とかしてくれ』と言われていた北の木村っていう同心が、これぞとばかりに飛びついたってことですぜ」

と、清兵衛が冷静に分析すると、

「あっしもそう思いやす」

と、巳之助も同意した。

「でも、木村という同心一人の企みで、そんなに簡単に健太郎さんを下手人にできるものなの」

お花が疑問を口にした。それに対して巳之助が、待ってましたというように、

「そこなんですよ」

と話し出す。

「越中屋には器量よしの娘がおりまして、その娘を大事に育て、神田駿河台にお屋敷のある五百石取りの旗本仁科様に行儀見習いに女中奉公させたのが二年前。その娘に殿のお手が付き、今では殿の御寵愛を一身に集めるお部屋様。その仁科のお殿様が北の御奉行様とご昵懇の間柄だそうで」

「それじゃあ、御奉行様もこのことを」

驚いて聞くお花に、

「いや、今はご存じないだろう。だが、もしまずいことになった場合はもみ消してもら

える、ぐらいのことは考えているだろうさ」

巳之助が苦々しげに応えた。

一同、同心木村に怒っている。お花も、

（嫌な奴）

とは思う。が、新婚の妻を裏切って女のもとに通うという健太郎のことも、同心の木村と同じくらい許せないようだ。

「北町が、いや木村の旦那が、健太郎さんを下手人にしたい理由はわかった。だが、無理に下手人に仕立て上げたって証はどこにも無《ね》え。もっと言やぁ、健太郎さんがやらかったという証も無えやな」

と、清兵衛の言うのに、

「そうよ、私はやってると思うな」

と、お花は少し意固地に言い張るのだった。

だが、不実な婿による舅への傷害より、商売敵を陥れようと企む悪徳商人に鼻薬を嗅がされた同心のお役目を利用した冤罪の方が、瓦版のネタとしては比べ物にならないほど刺激的だ。浮気男を叩くより権力に立ち向かう方が、ずっとやりがいがある。

ということで男たちは、冤罪説に傾いていた。

しかしまた、健太郎のことも今一つ信じきれないところがある。

「昨夜、どこへ行っていたか、それさえわかればいいんだが」

清兵衛が、呟くように言う。

「女のところだと思うんだが、どこのだれなのか」

忠吉が、ため息交じりに言った時、ちょうど、聞き込みから帰ってきた辰吉が、

「神田小川町にしもたやを借りて、お里という女を住まわせているそうですぜ」

と言いながら入ってきた。

「どういう女だ」

清兵衛が短く訊く。

「なんでも、昔、武田屋に奉公していたお芳っていうばあさんの孫で、二親《ふたおや》と早くに死に別れてお芳ばあさんと長屋で二人ぐらしだったところ、二月ほど前にばあさんが病で亡くなって、そのお里って娘が一人残されたそうで」

「一人残されたって、その女はいくつだ」

祖母を亡くしたといっても、年増女に『残された』という言葉は使うまい。辰吉も娘という言葉を使っている。勝手に世間知らずの若旦那を手玉に取る年増女郎を想像していた清兵衛は、驚きをもって訊いた。

「十六になるそうで」

という辰吉の応えに、

「何ぃ、十六だって」

と清兵衛が叫び、

「まだ、子供じゃないか」

と巳之助が呟いた。

「子供ではないけど……確かに若いな」

と言う忠吉も、すくなからず驚いている。

「若旦那の健太郎さんは子供の頃、身の回りの世話をしてもらっていたお芳さんになついていたそうで、亡くなったと聞いて線香の一本も手向けようと訪ねて行ったそうなんで。そこでお里と出会って、一人になっちまったのを不憫に思い、面倒を見るようになったというわけで」

と辰吉は説明を終えた。

「健太郎さんて、なかなか優しい人じゃないか」

言ったのは、清兵衛だが、調べてきた辰吉を含め、この場にいる男四人は同じ思いだ。

不実な浮気男という最初の印象が、がらりと変わった。けれども、ただ一人お花だけは、

「何が、『なかなか優しい人じゃないか』よ。女の弱みに付け込んで。一番卑劣じゃないのさ」

と不機嫌に息巻いた。

そんなわけで、お花以外の四人の心証は、大きく冤罪説に傾いた。だが、冤罪だという証はない。

「昨夜は、小川町の、お里さんだっけ、その娘さんのところに泊まったんじゃないのか」

清兵衛が辰吉に訊く。

「若旦那はそう言っているらしいんですけどね」

辰吉の応えは、何かはっきりしない。

「そうじゃないのか」

と清兵衛が重ねて訊き、

「お里って娘は、どう言ってるんだ」

と、忠吉が同心の顔で問いただす。

「はじめはお里さんも、昨夜は若旦那は泊まっていったって言ってたんですがね。木村の旦那と仙太親分にしつこく問い詰められ続けたら、あやふやになっちまったそうなんで」

　という辰吉の応えに、

「なんだそれ、昨夜のことだぞ」

　と納得できないのは、言葉を発した忠吉だけではない。

「それなんですよ。あっしもどうも腑に落ちなかったんで、お里さんのことを昔からよく知っている人を見つけて訊いてみたんです。そしたらその人の言うには、お里って娘は、普通の娘じゃないっていうんです」

　辰吉が、言葉を切ると、

「普通じゃないって」

　と、忠吉から予想通りの問いがくる。

「ちょっと足りないって」

　辰吉は、人差し指で自分のこめかみをつついて見せた。

「え、そうなのか」

「でも、健太郎さん、なんでそんな娘を……」

「不思議なお人だ」

　忠吉、清兵衛、巳之助が、そろって考え込んだ。

ただ、お花だけが、

「自分の言いなりになるからじゃないの、ああ、どこまで卑劣な男なの」

と捲《ま》くし立てて、

「ああ、なんか、夕ご飯作りたくなくなったわ」

と清兵衛を見た。

「ったく、しょうのない奴だな。まあ無理に作らせて、まずいもん食わせられたらかなわねぇや、五郎太さんの店へ行くか」

と言ってから、

「どうです、忠吉さんも」

と、忠吉を誘った。

五郎太の店。

神田神保町にある一膳めし屋で、清兵衛たちの馴染みの店だ。この日みたいに、お花が食事を作りたくないという日には早耳屋の皆で食べに行く。

主の五郎太は、昔上方では名の知れた泥棒、水口の文太という頭の下で働いていた。頭の勇退を機に足を洗い江戸へ出てきて、分け与えられた金を元手に、仲間の食事係をやっていた経験を活かし、一膳めし屋を出していた。手ごろな値段で味もよく量も多いと評判の良い店だ。そして、五郎太は忠吉とも昵懇で、元泥棒という前歴から、ときどき捕りものの手伝いもしている。

忠吉が、

「そうだな、場所を変えれば、なにかうまい知恵が浮かぶかもしれねえな」

と、応えると、

「じゃあ、これから行くか」

と清兵衛が言って、五人で五郎太の店へと繰り出した。

七

「お里ちゃんなら、よく知ってますよ。お芳さんが元気だったころは時々二人で飯食いに来てくれたし、お芳さんが寝込んでからは、煮凝《にこご》りなんかを買いに来てくれていましたから」

アジの塩焼きに冷や奴、茄子の煮びたしに茗荷の味噌汁、五郎太自慢の献立で腹を満たした早耳屋の四人と忠吉が、糠漬けのきゅうりをお茶うけに、事件のことを話しているのを小耳にはさんだ五郎太が、ごく自然に話に加わった。

「そのお里という娘さん、ちょっと変わっていると聞いたんだが」

清兵衛が少々遠慮した表現で訊いた。

「え、ええ、まあ、変わっているっていうか……」

五郎太も言いにくそうだ。

「足りないっていうことかい」

そんな遠慮のない訊き方をしたのは、辰吉だ。

「まあ、お世辞にも利発だとは言えねえですがね。でも、素直ないい娘ですよ」

と、五郎太がお里の良いところを探して褒めた。

「昨日若旦那が泊まっていったかどうかもわからなくなるほど、ん、何だ、その、おおらかっていうか……そうなのかい」

清兵衛も訊き方に窮しながら問うが、その問いに対しての、

「それはないとは思いますが、多分、北の旦那や親分に代わる代わる『昨夜は泊まらなかったんだろう』『夜のうちに帰ったんだろう』って責められているうちに、どうだったかわからなくなってしまったんじゃあないですかね」

という五郎太の応えが的を射ているようだ。それを聞いて、

「ったく、若い娘を、大の男たちが寄ってたかって責め立てるなんて、絶対に許せないわよね」

と、お花が憤るのを、

「あれっ、お花、お前、健太郎さんが下手人だって言ってたんじゃなかったっけ」

と言って忠吉がからかう。が、

「それとこれとは別よ」

と、お花はけろりとしている。

二人のそんなやり取りを、楽しむように聞いていた清兵衛だが、

「それにしても、武田屋の若旦那、なんでまた、そんな娘を」

と、お里が普通の娘でないと聞いたときから思っていた疑問をまた口にした。

「それさな、俺も不思議なんだ。お光さんという、器量も気立ても特上のおかみさんがありながら、それもまだ祝言あげて半年だぜ」

忠吉も、お光にあこがれを抱いていた身としては、全く腑に落ちない様子だ。そんな忠吉を、横にいたお花が、いらだたしげに睨んで見せた。

お花の目から出る見えない炎に気づいているのかいないのか、

「今日一日訊いてまわっただけですが、嫁に来てまだ半年なのに、店で扱う薬の名前や

効能を一通り把握しているし、お客の顔と名前は一度で覚える。奥のことも、姑さんが元気だから控えめに、でも、奉公人には陰にまわって気を使い、舅姑の世話にも抜かりがない。武田屋さんは良い嫁を貰ったと、もっぱらの評判でしたよ」

と話す辰吉も、清兵衛や忠吉と同じ思いだ。その三人の話を聞いて、

「お光さんてお人、若旦那のおかみさんっていうよりも、武田屋の嫁、薬種問屋の若内儀さんになるのに一所懸命だったんじゃないだろうか」

ぼそりと言ったのは五郎太だ。

「え」

「うん?」

忠吉も清兵衛も、もちろんお花も辰吉も、五郎太の言っていることの意味を取りかねたようだ。ただひとり巳之助だけが、

「お里さんって娘さんは、一緒にいるとほっとさせてくれるような、そんな娘さんなのかい」

と五郎太に訊ねた。

「へえ、その通りで」

我が意を得たりと、五郎太が応える。

「武田屋の良い嫁、良い若内儀になることに一所懸命のお光さんと一緒に居て、ご亭主である健太郎さんは、心が休まらなかったんじゃねえかな。だからお里さんに安らぎをもとめた。そういうことだよな、五郎太さん」

巳之助が重ねて問いかける。

「へえ、まさしくその通りだと、あっしも思いやす」

と五郎太が同意し、

「なるほど」

「そうか」

「そこに気づかなかったな」

忠吉、辰吉、清兵衛が、感心したように声を上げた。その場にいた男たちは、ますます武田屋の若旦那健太郎に共感し、好感を持ったらしい。

「男の人って勝手ね」

というお花も、健太郎への怒りは少し弱まってきたようだった。

そこで清兵衛が、話を戻し、

「昨夜、お里さんのところに行ったことは行ったんだよな」

と、辰吉に質《ただ》した。

何人もいるんで」

「へえ、それは確かなようです。宵にお里さんの家に入っていく健太郎さんを見た人が
「でも、帰っていくのを見た者はいねえのか」

「へえ、雨の降る前にも、そして朝になってからも」

「するってぇと、証言できるのはお里さんしかいないのか。うーん」

清兵衛が考え込んでいると、

「あっしがお里ちゃんに訊ねてみましょうか。顔見知りのあっしが相手なら、お里ちゃんも何か、証になるようなことを思い出してくれるかもしれませんから」

と、五郎太が申し出た。

「そうだな、そうしてくれるとありがたいな」

と、忠吉が、渡りに船と喜んで応え、

「忙しいのにすまねえが、そうしてくれるかい」

清兵衛が、遠慮がちに願った。

「お安い御用でさ。その健太郎さんていう若旦那、どうやら悪い人ではないようだ。それを北の同心たちの悪だくみで、やってもいない罪を着せられちゃあ、何とも気の毒ってもんだ。だから、あっしも一肌脱ぎたくなったんで。でも、店閉めた後だと遅くなる

し、明日の朝ってことになっちまいますが、それでよろしいんで」

「もちろんだ」

「よろしく頼むぜ、五郎太さん」

忠吉と清兵衛が言って話が決まりかけたところへ、

「私も行っては駄目かな」

と、お花が呟くように言った。

「顔見知りの五郎太さんだったら、話しやすいと思うけど、でも、五郎太さんは男。話しにくいこともあるんじゃないかな。私だったら同じ女だし年も近いし」

そこまで言った時、

「ちげぇねぇや、あっしじゃ聞けねえこともあるかもしれねぇ。お花ちゃん、一緒に行ってくれるかい」

と、お花に願った。

「はい」

と、お花が顔を輝かせ、

「大して役には立たないと思うが、連れて行ってやってくれるかい。お花、五郎太さんの邪魔をするんじゃねぇぞ」

そんな言い方で、清兵衛も承知した。そこで、

「だんなさん、いつまで油売ってるんですか、お客さんお待ちですよ」

手伝いのお多喜が五郎太をよぶ。

「あいよ」

五郎太が応え、五人に会釈をすると、厨房へと入って行った。

八

お花が五郎太と一緒にお里の家を訪れたのは、五郎太の店の昼の仕込みを始める前の五つ半（午前九時）ごろだった。そこで二人はお里に、一昨日の晩から昨日の朝にかけてのことを尋ねた。

訊いているのが顔見知りの五郎太と初対面ではあるが自分と年の近いお花だ。お里も安心したのだろう。わりとはっきりと、一昨日の晩から昨日の朝まで若旦那と一緒だったと証言した。

ところが五郎太が、

「それは確かなことかい」

　と念をおすと、みるみるお里の様子が変わり今にも泣きだしそうになるではないか。おそらく北の同心木村佐平治と岡っ引きの仙太に、そうとう乱暴な取り調べを受けたのだろう。

（これはいかん）

　と思った五郎太は、何か証になるものはないかと、なだめすかして、色々世間話をしながら探っていこうとするが、なかなかうまく訊き出せない。

　その様子を傍で見ていたお花は、

「ここは私が」

　と、五郎太に頷いてみせて、

「こんにちは。お里ちゃん、私お花」

　お里に向かって愛想よく言った。

「え、お花ちゃん」

　お里は、初対面のお花に最初戸惑いを見せたが、そこは年も近い娘同士、すぐに打ち解けていった。

「ねえ、健太郎さんってどんな人」

お花はお里に訊いてみた。

「優しい人だよ。お里、ばかだから、字、なかなか覚えられないけど、それでも辛抱強く教えてくれるの。算術だってそうだよ。若旦那のおかげで引き算と足し算、一桁だったら指使わなくても、おつむの中だけで出来るようになったんだ」

お里が得意気に応える。

「え、そうなんだ。すごいじゃない」

と、お花は応えながら、

(年頃の男と女が、夜な夜な手習いって……そんな馬鹿な)

と、とても信じられない思いだ。そこで、

「ほかに、健太郎さんとは、何をするのかな」

五郎太の手前、気が引けぬでもなかったが、思い切って訊いてみた。

「ご飯食べたり、お話したり」

お里の応えは、相変わらず可愛らしい。

「どんなお話」

「えーっと、おばあちゃんの思い出話とか、あと、お寺で手習いしている子供たちの話とか、若旦那のお店で飼ってる猫のたまの話とか、いろいろ。あ、若旦那のおかみさんの話もしてくれるよ」

「あ、そ、そうなんだ」

お花は、何が何だかわからなくなってきた。

（かこっている女に女房の話をするって……あ、悪口か）

と思い、

「若旦那はおかみさんのことを、どう言ってるの」

と、聞いてみるが、お里の応えは、

「美人で賢くて気立てが良くて自分には過ぎた女房だって」

これ以上ない誉め言葉だ。

「手習いして、算術して、ご飯食べて、お話して、その後は」

少し意地悪かなと思いながらも、お花は突っ込んだ。

「お花ちゃん……」

後ろで五郎太の慌てた声が聞こえる。

そんな五郎太の思いを知ってか知らずか、

「寝る」

お里のなんとも無防備な答えだ。お花もこれには内心どきりとしたが、知らぬ顔で、

「若旦那と一緒に」

と訊いた。

「お、お花ちゃん」

後ろで五郎太がお花の袖を引く。

「ううん」

お里はゆっくりと首を横に振った。

「え、一緒じゃないの」

お花は驚いて訊き返した。

「うん、若旦那は、泊まっていくときはお里が寝ている隣の部屋で寝るんだ。さみしいから一緒の部屋に寝てって言っても、嫁入り前の娘が男と同じ部屋で寝てはいけないんだって。お里ももう十六なんだから寂しいのは我慢して一人で寝なさいって」

「若旦那がそう言いなすったのかい」

我慢できなくなったように五郎太が訊ね、その問いにお里がこっくりと頷くのを見ると、

「はは、はは」

と力なく笑い始めた。お花も、何だか急に力が抜け、笑いが込み上げてきた。

「はははは」

「ふふふふ」

すると、笑う二人を不思議そうに眺めていたお里も、つられたように、

「へへへへ、ふふふふ」

と笑いはじめ、やがて三人が三人とも、何がそんなに可笑《おか》しいのかはっきりわからぬままに大笑いしていた。


（健太郎さんはお舅さんを怪我させて放って逃げるような人じゃない）

と、お花は確信した。

「五郎太さんはお店があるから、もう帰って。私、これから、昨日の朝、健太郎さんを見た人は居ないか、近所で聞き込んでみる」

と、今お里から話を聞くまで、健太郎のことを不実な浮気男、下手人に違いないと主張していたのもけろりと忘れてしまったかのように張り切っている。

五郎太は店のことは気になるが、お花をひとり残して、「はいそうですか」と帰るわけにはいかない。

「店はお多喜ちゃんがいるから大丈夫。俺も、健太郎さんが下手人だとはどうしても思

えねぇし、何より健太郎ってお人のこと、会ったこともないのに好きになっちまった。こうなったら、健太郎さんが下手人でないという証、一緒に探そう」

と、二人で近所の聞き込みを開始した。

「いねえなぁ」

「なんで一人も、帰っていく若旦那を見た人がいないのよ」

お花と五郎太がつい弱音を吐く。話を聞いてお里の家を出たのがじきに四つになるころだ。それから一時（二時間）あまり。今はもう九つを過ぎた。じりじりと照りつける太陽のもと、二人は汗だくになりながら足を棒にして懸命に近所の聞き込みをしたが、昨日の朝、お里のところから帰っていく健太郎を見た者はいなかった。

「いったん帰って出直そう。お里ちゃんから聞いた話を伝えれば、塚本の若旦那も清兵衛さんたち早耳屋の皆さんも、絶対健太郎さんが下手人じゃないと信じると思う。ここはいったん帰って皆さんの知恵を借りようじゃないか」

という五郎太に、

「そうね、それがいいかもね」

さすがのお花も素直に従った。

帰り道で、

「店、寄ってくんな。弁当五人前拵《こしら》えるから」

五郎太がお花に言う。

「え、五人前って」

(うちはおとっつぁんと、巳之助さんと、辰つぁんと私の四人だけど)

お花が不思議そうに指を折ると、

「塚本の若旦那、忠吉さんが来ていなさらないわけないじゃないか」

と、五郎太が笑った。

九

「まあ、俺たちが、今一つ信用できなかった健太郎さんのことを信じられるようになった、それだけでもよかったじゃないか」

清兵衛が落ち着いた声で言った。

「そうね」

お花がため息交じりに相槌を打つ。張り切って炎天下を歩き回ったお花の落胆は小さくはなかったが、それでも、何とか良い方向に解釈しようとしているようだ。

お花は、五郎太の店により、帰った途端お多喜に文句を言われながら忙しく働く五郎太に五人前の弁当を作ってもらい、帰ってきた。五郎太も一緒に来たそうだったが、店があるからそれは無理だ。

「何かあったら、知らせておくれよ」

帰って行くお花を、そう念を押して送りだした。

早耳屋には五郎太の言ったとおり忠吉が来ていた。忠吉を含めた四人、腹の減るのも忘れて、お花の帰りを待っていた。そんな四人に、

「まずはお昼ごはん、五郎太さんに作ってもらったから」

と、弁当を広げた。

腹ごしらえをした後、お花は、

「健太郎さんがお里ちゃんのところに泊まった証は見つからなかった。けど私、健太郎さんはやってないと思う」

いままで男たちが冤罪説に傾く中、ただ一人、不実な健太郎が許せなくて、

「健太郎が下手人だ」

と言い張っていたお花の変わりように、その場にいた四人は驚いた。

「いったいどういう風の吹きまわしだ」

忠吉が代表して訊く。

「うん、実は」

お花は、お里から聞いた話をすべて話した。

聞き終わった四人の男たちは、到底信じられないという顔をしている。

「そんな話、信じられねえ」

辰吉が叫ぶように言う。

「健太郎は、いくつだ」

忠吉が、そんな問いを口にし、

「確か、お光さんと一つ違いだったはずだから、俺と同い年の二十二か」

と自答し。

「五体満足なんだよな……信じられない」

と考え込む。

「健太郎さんてお人、聖人君子か」

巳之助が真面目な顔で呟き、

「確かなことなのか」

清兵衛がお花に念を押した。

「だって、お里ちゃんみたいな子が、その手の嘘がつけると思う」

お花の言葉に、

「それもそうか」

と、清兵衛は半分は納得したようだ。あとの三人も、健太郎とお里との関係については半信半疑ではあるものの、より一層健太郎に好意を抱き、そして無実を確信するようになった。

「問題は、健太郎さんの無実の証をどうたてるかよね」

そう言ったのはお花だった。

「お前、健太郎さんが犯人だって言ってたんじゃなかったのか。よくもまあ、こんなにころっと態度が変えられるもんだ」

忠吉が、少々しつこくからかうが、お花は、

「だからさっきも言ったじゃない。事情が変わったのよ。お里ちゃんの話を聞いて。健

太郎さんて人、本当にいい人なんだって信じられたの。過ちを改むるに憚《はばか》ること勿《なか》れよ」

　と、けろりと言ってのけた。そして、

「そして、そんな健太郎さんにやってもいない罪を着せて、武田屋さんを追い落とそうとする、越中屋や北町の同心は許せないわ」

と息巻いた。あれだけ健太郎が下手人だと言っていたのに、するりと無実だと認めて、今度は、その証を立てることに一所懸命になっている。

（やれやれ）

忠吉は、呆れた様子でため息をつくが、

（まあ、そこがこいつの可愛いところでもある）

と、にんまりと笑う。そんな忠吉に、

「なによ」

　と、お花は挑戦的な態度だ。

「別に……」

　と、忠吉は軽く受け流し、

「昨日の朝、お里のところから帰る健太郎の姿を見た人間を探すしかないか」

と、話を本題にもっていこうとする。そんな忠吉に今度は、

(忠吉さん、張り切っているわ。うーん、ちょっとかっこいいかも)

と、お花が熱い視線をおくるのだった。

「一昨日の昼過ぎ、井坂さんと健太郎さんが言い争いをしていたということですが、そん時やったことではないというのは確かなんですよね」

と言う巳之助は、わかっていることを整理しようとしているようだ。

「ええ、そのあと手習いの子供たちが来ていますから」

と、辰吉が応えた。

「それにしても健太郎さんは、何の用があって御納戸町くんだりまで行きなさったのかねぇ」

と、清兵衛がまた、話を本題からずらしかける。

「それが、健太郎さん、ときどき高安寺を訪ねてたらしいんですよ。お光さんと一緒の時もあったし、健太郎さんだけの時もあった。もちろん一昨日のようにお光さん一人だけの時もありますが、お内儀修業で忙しいお光さんより、健太郎さんの方をよく見かけるって、子供を手習いにやってる親たちが言ってましたよ」

と、これにも辰吉が応えた。高安寺の周りでかなり聞き込んできたらしい。

「なんだと、舅のところへ婿が足繁く通っていたっていうのか」

と清兵衛が、にわかには信じられないという様子だ。

「ええ、あっしもそれ聞いたときは驚きました。信じられなかった。不実な浮気者の婿がどの面下げてってね。でも、健太郎さん、子供たちともよく遊んでいたっていうし、母親たちの間での評判も悪くないんですよ。で、いよいよもって、本当は健太郎さんっていうお人は、お光さんが自分の嫁に来て一人になった井坂さんを気遣うような優しい人なんだなって思えてきました」

辰吉が珍しくしみじみとした調子で話す。

「へえ、そうなのか」

と、一旦納得しかけた清兵衛が、

「そんな婿が舅と、何を言い争っていたんだ」

消えない疑問を口にする。

「それも、そんな深刻な言い争いではなかったらしいんです」

辰吉の意外な言葉に、清兵衛だけではなく、お花、忠吉、巳之助の三人も身を乗り出す。そんな四人に向かって、辰吉が少々得意げに話し始めた。

「なんでも、手習い中に騒いだ子がいて、それを井坂さんが叱ったことがあったんだぞうです。その時、横から健太郎さんが『元気があっていいじゃないか』とか『子供だから仕方がない』とか庇うようなことを言った。それに対して、井坂さんが『これは躾だ。黙ってろ』と返した、その後二言三言の言い合いはあったけれども、結局健太郎さんが頭を下げて、何事もなく終わったそうなんですよ。諍いって言うには無理があるって、一番の年嵩《としかさ》のガキが物知り顔で言ってました」

「てぇことは、はなっから仕組んだんじゃないか」

忠吉が憤りの声を上げた。

「こうなると、井坂さんを殴ったのも」

と、辰吉が先走る。

「まさか、そこまでは」

と、巳之助が抑えにかかるが、

「木村の旦那が直接手を下したとは言いませんがね、仙太親分が木村の旦那の意を汲んで、弱みを握っているごろつきどもを使って」

と、辰吉の妄想はとまらない。

「うん、それ、やりかねない。やってるよ、絶対」

と、お花が辰吉の意見にひょいと乗っかり、

「そうだなぁ」

と、忠吉も今にも同意しそうだ。そんな若い者の様子に、

(困ったものだ)

というように巳之助が清兵衛を見た。見られた清兵衛も巳之助と同じような表情を浮かべ、

「おいおい、そんなに先走るな。いいか、はじめの頃は『勝手に転んで頭を石にぶつけたんだろう』って言ってろくに調べもしなかったたってことだったじゃないか。健太郎さんが頻繁に寺子屋を訪ねて来ていたってことを、そしてちょっとした言い合いが前の日にあったことを知ってから、こういうことにしようと企んだ、そういうことだと思うぞ」

と、辰吉とお花を交互に見ながら言い、

「忠吉さんも、辰吉やお花の言うこと、そんなに容易《たやす》く真《ま》に受けちゃいけませんぜ」

と、最後に忠吉にくぎを刺した。

清兵衛の言葉に、

「そうだな」

と、忠吉はきまり悪そうに応じ、

「へえ」

と、辰吉も全部は納得できない様子ではあったが、黙った。

しかし、お花だけは、

「そんなもの、そうやっておとっつぁんみたいに考える人があるからって、わざとやったことよ」

と、譲らない。

「お花」

「お花ちゃん」

清兵衛と巳之助は、お花を眺め、手におえないというようにため息をついた。

「しかし、どっちにしても、はなっから健太郎を下手人に仕立て上げようとしているのは確かだ。こりゃあ、健太郎の無実の証を立てるのには、よほど確かなものを見つけないと無理だな」

忠吉がそう言ってから、

「確かなもの……なんだ」

と、自ら問いを発した。

「身元のちゃんとした証人がいるとか」

　と、清兵衛が考えをめぐらす。すると、

「身元のちゃんとしたって」

　と、お花が訊いた。

「お旗本とか、御上《おかみ》のお役人とか、大店の旦那衆とか」

　と、清兵衛は応えたが、すぐに、

「いるわけないか。朝っぱらから神田小川町あたりをうろついているお旗本もお役人も大店の旦那衆も」

　と、ため息をつく。

「井坂さんの意識がもどればいいんだが」

　そう言ったのは、巳之助だ。

「それ、それですよ。それを待てばいいんだ」

　と、辰吉が能天気な声を上げる。

「それが、いつになることか」

　と、清兵衛。

「香春先生は何と」

という巳之助の問いに、

「全くわからないそうだ、先生にも」

と、沈んだ声だ。

「だから、奴らはことを急いでるんだ。健太郎にいったん罪を着せて、寄せ場へでも八丈島へでも送ってしまい、武田屋を闕所《けっしょ》にでもしてしまえば、後で間違いだとわかっても、御上のご威光を傷つけちゃならないなんておかしな理屈でうやむやにできる。結局、健太郎や武田屋は泣き寝入りだ。笑うのは越中屋だけってことよ」

と、忠吉が苦々しげに吐き捨てる。

「あっしもそう思います。そう思いますがね」

清兵衛はそこで言葉を切ると、忠吉を見てニッと笑った。

「うん？」

忠吉が目で問うと、

「御上のお役人様が、それ言っちゃいますかね」

と、さも愉快そうに笑った。

「あ、ちっとまずかったか」

と、忠吉が首をすくめると、

「親方、そこが塚本の若旦那のいいとこじゃないですか」

巳之助が言う。すると、

「ほんとに」

「その通りでさ」

「ちげぇねぇや」

お花、辰吉、清兵衛が口々に言った。

「ほめられてるのやら、くさされてるのやら」

と、きまり悪そうな忠吉に、

「もちろん、ほめてるのよ」

と、お花が応え、皆で大笑いをした。

どこか重苦しかった雰囲気が、すっかり明るくなった。

そんなところに、

「ずいぶんと賑やかじゃないか」

と言いながら入ってきたのは、忠吉の父、忠道だ。忠吉に仕える岡っ引きの弥助もいる。

「あ、父上、親分も」

と、忠吉が言い、

「こりゃあ、塚本の旦那、弥助親分も」

「いらっしゃい」

と、清兵衛とお花が迎え、

「あ、ちょうどいいわ、そろそろお茶にしましょうか」

と、お花が台所に立った。

「な、やっぱりここにいただろう」

「へえ」

忠道と弥助が言い合っている。

「何です」

と、清兵衛が訊くと、

「いやな、弥助がな、今さっきやってきて、昨日の朝から忠吉の顔を見てないというもんだから、そういや俺も、昨日からろくに忠吉と口きいてないなと思ってな、こいつ昨日の朝珍しく道場へ行ったかと思ったら、それっきりで夜遅くに帰ってきて、すぐに寝ちまうし、今朝も、ろくに朝飼も食べずに出て行きやがるし、何かおもしれえ事件でもあったかと、そんならきっと清兵衛たちも一緒だろうと、二人で見当つけて来てみたら、やっぱり居やがった」

と、忠道が応え、

「で、何があった」

と興味津々で訊ねる。

「実は……」

忠吉が、話し始めるのと同時に、

「はあい、お待ちどおさま」

と、お花がお茶と、いつもの桔梗屋の大福を山と盛った菓子鉢をもってやってきて、菓子鉢をそれぞれの居るところから等距離になるようなところを選んで置き、お茶を入れた湯飲みを配った。その間に忠吉は手短に要領よく、昨日の事件からこれまでの経緯を忠道と弥助に話した。

「けしからんな、木村佐平治。とんでもない奴だ」

忠道は、南北の違いはあるとはいえ、そして今は隠居しているとはいえ、町方同心の先輩として不肖の後輩を嘆いてから、

「しかし、厄介だな」

と、ため息をつき、考え込んだ。

しばし沈黙の時が流れる。忠吉が、菓子鉢から大福を取り、大口を開けてほおばると、それを合図としたかのように、忠道、弥助、清兵衛、巳之助、辰吉、お花の順で大福を取り口に入れた。

一同が食べ終わり、お茶を飲み、一息ついたところで、

「なにかいい知恵はありませんかね」

と、清兵衛が忠道に話を向ける。

「うーん、なくもない」

忠道が少々もったいぶった言い方をした。すると、

(え)

(あるんですか)

(それは、何ですか)

(あっしたちは、何をすればいいんで)

一同から無言の問いが集まる。

「もし、健太郎の罪が決まらないうちに、寺小屋の師匠の意識が戻ったら、木村も越中屋も困るだろうな。もし、明日にでも戻りそうだと聞いたら、いや、もう戻っていると、

戻っているけど、まだ口はきけないって、そして間もなく話せるようになるってことを耳にしたら、奴らどうするだろうな」

と言う忠道はどこか楽しげだ。そして少し間を置き、

「まさか、井坂さんを亡き者にしようなんてことは考えないだろうが……」

自らの問いに対する答えの語尾を皆まで言わずに止めた。

「何かしらの動きは見せるはずだ」

弥助が呼応するように言う。

「いや、事をここまで進めているんだ。もし、ここで駄目になれば、木村さんや越中屋は身の破滅だ。それに確か、越中屋の娘は、神田駿河台の五百石取りの旗本仁科家の殿様の側室になっているはずだ。下手すりゃそこまで累《るい》が及びかねない。思い切ったこともやるんじゃないですか」

と、忠吉が厳しい表情で言うと、

「そうだな」

と、忠道が表情を引きしめた。

「高安寺の井坂さんの長屋に網を張れば」

と、忠吉は話を進めようとする。そこに、

「でも、実際には意識がいつ戻るかは香春先生にもわからないんでげしょ」

と、辰吉が水をさす。

「噂、ながしますか」

「書きますか」

と、清兵衛と巳之助が、ほぼ同時に声を上げ、忠道が、我が意を得たりと、笑みを漏らした。それを見て、

「え」

「何です」

と、お花と辰吉が、これまた同時に、少々、間の抜けた声を発し、

「やつらに、知らせるんですね。井坂さんの意識が戻ったって」

と、忠吉が忠道を尊敬のまなざしで見つめた。

「ああ」

「そうか」

と、お花と辰吉。

この二人も、ようやく事の次第が呑み込めたようだ。

どうやら、越中屋たちの企みを明らかにするために、早耳屋の瓦版を使って、

まもなく井坂から事情が聴ける。

という偽の情報を流そうというのが、忠道の思いついた策らしい。そして、それに対して木村や越中屋が何か動き出すのを見張り、動かぬ証拠を見つけようというのだ。

そうと決まれば、目的に向けて動き出す。

まず、瓦版。

すでに七つ（午後四時頃）を過ぎている。

今からでも、ぎりぎり暗くなるまでに売りに出ることは可能だが、越中屋や木村、岡っ引きの仙太に張り付かないといけないし、最悪の場合を考えて、高安寺の井坂の長屋を見張らないといけない。手配や段取りがある。

だから、今夜中に刷っておいて、明日の朝、越中屋、木村、仙太、そして井坂の長屋、各担当がそれぞれの持ち場についたその頃合いを見計らって、日本橋本町の越中屋の近くで、お花と辰吉が売り出すことにした。

「よーし、越中屋の奴らが慌てふためく姿、二人で見てやりましょうよ、辰つぁん」

と、お花はやる気満々だ。

その後二人はそのまま残り、あとから来る巳之助とお花が二人で越中屋を見張り、辰吉は連絡係《つなぎ》として各持ち場を移動することにする。

木村佐平治には弥助が張り付き、岡っ引きの仙太は忠道が見張る。多分動きが激しくなるだろうと予想して、連絡係を五郎太に願うことにした。

そして井坂の長屋には、忠吉が詰める。

「一人で大丈夫か」

襲撃を心配する忠道の問いに、

「ええ、多分あまり役に立たないやつが一人、近所をうろついていると思うので、緊急の時の連絡係にぐらいはなると思いますし。それにきっと、知らせたら香春先生が心配して来ていなさるでしょう。あの先生、お医者のくせに下手な同心よりもずっと腕がたちなさる」

と、忠吉が微笑って応えた。

皆が帰って行ってから、早耳屋では瓦版作りが始まる。

が、その前に、腹が減っては戦ができぬ、夕餉を食べねばならない。

「お花、五郎太さんのところに行って、何か簡単に喰えて腹にたまるもん拵えてもらってこい。ついでに五郎太さんに『お手すきの時でいいんで、ちょっくらお顔を見せてもらえませんか』ってな」

と、清兵衛がお花にいいつける。

「わかった」

お花が元気に駆けて行った。


「さてと、どう書く」

清兵衛が巳之助に訊く。

「へえ、売る場所が越中屋の近く、ということは、武田屋さんの近くでもあるというわけで、そうなると、あまり健太郎さんのことは書きたくないですね。寺の庭で倒れているのが見つかった寺小屋の師匠が、丸二日意識がなかったが、今朝がた、明日の朝ですが、今朝がた早くに、やっと意識が戻ったということだけでいいと思いやすが」

と、巳之助が応えると、

「そんなお城の向こうの寺小屋の師匠の話、売れねえんじゃないですか」

と、辰吉が横から口をはさむ。それに対して、

「売れねえだろうなあ」

と、巳之助が、あっさりと認め、

（いけませんか）

と言うように、清兵衛を見た。

「いいじゃねえか、売れなくて。越中屋の連中に読ませるためのものだ。やつらの目に留まり、耳に届きゃあ、極端な話、あとは一枚も売れなくてもいいくらいだ」

清兵衛は、辰吉の方を向いて言い、

「そのかわり、事が済んでから、顚末を巳之助が、バカ売れに売れる記事にしてくれさ、なあ、巳之助」

と、今度は巳之助の方を見て、にやりと笑った。

十

次の朝早く、昨日のうちに赤字覚悟で刷った五枚の瓦版と嵩増しのための白紙およそ二十枚を抱えて、お花と辰吉は、日本橋本町の薬種問屋越中屋が見える辻に立った。

六つ半（午前七時頃）前、辺りの店が開き始める。越中屋も、くぐり戸から小僧が何人か出てきて店の前をほうきで掃いたり、水を打ったり、大戸を開けたりしている。

（さてと）

機を待っていた辰吉が、ここぞとばかりに売り声をあげる。

「さあさあ、御納戸町の高安寺で子供たちに読み書きを教えているご浪人、井坂幸内というお方、教え方もうまく立派な人物と親たちからの評判もいい。そんなお方が、一昨日の朝、寺の境内で頭から血を流して倒れていた。それを見つけた娘さん、すわ一大事と、お医者を呼ぶ。呼ばれて来たのは名医の誉れ高い、小石川養生所の橘香春先生だ。その名医の治療によって、二日間意識のなかった井坂さんが、今朝がた意識を取りもどした。まだもうろうとしていて詳しい話は聞けないけれど、今夜あたりには事件のあらまし、なんで倒れていたのかという、事の次第を聞けるということだ。よかった、めでたい、ほっとした。この話、どうだい読んで一緒に安心しようじゃないか。さあさあ、枚数には限りがある、早い者勝ちだよ、買った買ったぁ〜」

さすが読売人辰吉だ。かなり無理やりではあるが、何とか無難にまとめ上げた。

あとは、間を置きながら、何回か繰り返すだけだ。

「おお、やってるな」

巳之助が、そう声をかけ、お花と辰吉に歩み寄って、と訊ねるのとほぼ同時だった。

越中屋の店から番頭だろうか、四十過ぎの小柄な男が顔を出し、表を掃いていた十歳くらいの一番小さな小僧に何か言い付けた。その小僧がお花たちのところに駆け寄って、

「一枚ください」

と、四文銭を差し出した。

「あいよ、まいど」

と、辰吉が愛想よく渡してやると、

「ありがとう」

と受け取って、元気に走って帰っていく。その光景を眺めながら、

「どうなるんだろう、あの子たち」

お花が心配顔で呟いた。

悪事が暴かれて、越中屋が罰せられるのは当然のことだ。だが、何の罪もない奉公人たちのことが気にかかったのだろう。

「そうさなあ、いずれまた、別の奉公先が見つかるさな」

巳之助が自分自身にも言い聞かすように言う。その間も、目は越中屋から離さない。

その越中屋では、小僧から渡された瓦版を読んでいた番頭と思しき者が、慌てた様子で店の中へと入って行った。

「さてと、何が始まるかだ」

という巳之助の言葉に、お花と辰吉が身構えた。

間もなくして、何を命じられたのか、年の頃なら二十五、六、手代《てだい》だろうか、がっちりした大柄の男が店から走り出た。お花たちの居るところへ向かってかけてくる。が、お花たちには見向きもせずに、通り過ぎた。

「辰吉」

と、巳之助が言うのと同時に、

「がってん」

と、辰吉が後を追った。

（北のお奉行所に行く気か）

辰吉は男に気づかれない程度に、そしてまた男の背を見失わない程度に、男との距離を取って後を尾《つ》けた。

男は日本橋本町の越中屋から、南に向かって速足で歩いていた。

男の向かった先、それはやはり辰吉が思った通り、北町奉行所だった。

門の前まで行った男は、二人いる門番の一人と二言三言言葉を交わすと、少し思案する様子を見せたが、今来た道を戻りかけた。辰吉は慌てて物陰に隠れ、男をやり過ごしてから、またつかず離れずの尾行に戻った。

するとその時だ。

向こうから黄八丈《きはちじょう》に巻き羽織、一人の同心とそれに従う小者一人、多分岡っ引きなのだろう、二人して歩いてくるのが見えた。その後ろに目をやると、忠道と弥助の二人が、つかず離れずという距離を保って尾《つ》けているではないか。

(あれが木村と仙太か)

辰吉はそう思い、気取られぬように、もう少し男との距離を開けた。

「木村の旦那」

男はそう呼びかけ、木村と仙太に走り寄った。そして、懐から瓦版と思しきものを取り出して二人に見せている。

辰吉は気取られぬように三人を追い越し、怪しまれぬように、忠道と弥助に、

「おはようございます」

と顔見知りのように挨拶し、立ち話をしているように見せかけた。

やがて木村たち三人は別れた。

すなわち、辰吉が尾けてきた男は来た道を戻っていき、仙太は西へ向かい、木村は山の手の方に向かった。

忠道、弥助、辰吉は、それぞれの担当する者の後を尾けて行った。


（どうしようか）

弥助は思案していた。

ここは、神田駿河台、旗本仁科家の門前だ。

北町の同心木村佐平治の後を尾けてきてたどり着いたのがここだった。

木村は、門の横のくぐり戸から入って行ったきり半時余りでてこない。そしてその半時の間に、旗本屋敷に似つかわしくない、浪人者が、ひとり、また、ひとりと、合計五人入って行った。その事実を皆に知らせておきたいが、ここには弥助ひとりしか居らず、離れるわけにはいかない。

一人やきもきしていた弥助の肩を、

「弥助親分」

後ろから、ポンと肩を叩くものがあった。弥助が振り向くと、そこには、五郎太が笑顔で立っていた。多分今度の事件で関係のありそうなところを回っているのだろう。

「おお、五郎太さん、いいところに来てくれた。木村の旦那がこの屋敷に入って行って半時余り経つんだが、その間に浪人者が五人集まってきた。このこと、皆さんに知らせた方がいいと思うんだが、この場所を動くわけにもいけねえし、どうしようかと思案していたところだったんだ」

「そうですかい、奴らやる気か。わかりました。あっしが皆さんにお知らせしてまわりやす」

「たすかった。頼んだぜ」

「合点」

五郎太が立ち去りかかると、仙太が歩いて来るのが見えた。その後を忠道が尾けてくる。仙太が門横のくぐり戸を叩き声をかけるとくぐり戸が開き、仙太はそのまま中へと入って行った。

「おお、弥助、五郎太もご苦労だな」

忠道が二人に声をかけ、

「木村もここへ入ったか」

と、弥助に訊いた。

「半時余り前に。それから今までに、浪人者が五人入っていきやした」

と弥助が報告すると、

「何、それは本当か。仙太が二人の浪人者に声をかけていたが、仲間たちとここへ入ったか。やはり奴らやる気か」

忠道が腹立たしげに言った。

「ではあっしはそのことを、清兵衛親方と、忠吉さん、それにお花ちゃんたちに伝えてきます」

そういって五郎太が立ち去ろうとしたとき、今度はいかにも大店の主然とした五十過ぎの男が、番頭風の小柄な四十過ぎの男と、手代風の大柄な二十五、六の男を従えてやってきた。その後ろを見ると、辰吉が尾けてきている。手代風の男が門横のくぐり戸の戸を叩き、門番と二言三言言葉をかわしてから、主らしい男を守るように三人で中へ入って行った。

「このお屋敷に集まりましたね」

と言いながら、辰吉が皆のところに歩いて来た。

「今入って行ったのは、越中屋か」

と、忠道が辰吉に訊ねる。

「へえ、さいです」

と辰吉が応えると、

「そうか、だとすると、もう、越中屋の見張りは要らないだろうな。五郎太、ご苦労だが、お花と巳之助に早耳屋へ帰るように言ってくれ。真昼間からことは起こさんだろうから、日暮れまでここは、交代で見張ればいいだろう。まずは俺と辰吉が残るから弥助もいったん早耳屋で待機していてくれ」

と、忠道が指示を出す。

「じゃあ、あっしも、お花ちゃんや巳之助さんと一緒に、早耳屋さんへ行きます」

と、五郎太も当然のように言う。

「店はいいのか」

と忠道が心配するも、

「お多喜ちゃんにまかせてきましたから」

とけろりと応えた。

神田明神近くの早耳屋と、神田駿河台の仁科家はそれほど離れていない。なので適当

に交代して見張ることにした。二人ずつ、まずはそのまま忠道と辰吉、次に昼から巳之助と弥助、そして、

「晩飯は、お多喜ちゃんに任せて、適当に早仕舞いさせます」

と、五郎太が加わり清兵衛と組む。

「私は？」

と問うお花に、

「そのあと俺と組めばいい」

と、忠道が言って納得させた。

（まあ、それまでに動くだろう）

忠道、清兵衛、弥助、巳之助、大人たちの企みだ。仁科の屋敷に入って行った者たちを見ると、かなり危ない連中だ。そんな奴らを相手にすることに、お花はかかわらせたくない。だが、お花も大人たちの企みに気づかぬような素人ではない。

（私を仲間外れにしようと思っているんだわ。そうはいかない）

と早昼を拵えて皆に食べさせた後、片付け物をするような顔をして台所へ行き、勝手口から外に出た。

早めに昼餉を済ませた弥助と巳之助が、神田駿河台に出向いた。

仁科家の門前の近くでは、画帳を広げた忠道がいかにもご隠居が暇つぶしに町の風景を写しているというように絵筆を走らせていた。辰吉がそれを眺めて話している。通りかかった知り合いの若者が冷やかし半分という図だろうか。いかにも自然で無理がない。

弥助と巳之助の二人も、絵に興味をそそられたように寄って行った。

「変わりはないですかい」

と、弥助が訊くと、

「静かなもんだ。動くのは暗くなってからだな」

忠道はそう言うと、

「さてと」

と立ちあがり、

「置いていくか」

と画帳を指す。見張りの小道具にと言っているらしい。

「あっしらの柄じゃありませんやな。あっしらはこれで」

と、弥助が懐からさいころを二つ出して見せた。

「ふたりで丁半博打か」

と忠道が笑い、

「それじゃあよろしく頼む」

と、辰吉と一緒に去って行った。


忠道と辰吉が帰って行って間もなく、仁科の屋敷から初老の小柄な武士が出てきた。身なりから仁科家の用人だろうか、見るからに律儀そうな人物だ。木村たちとかかわりがあるとは、到底思えない。その武士が、思いつめたような表情で歩いて行く。

「巳之助さん、どう思いなさる。あのご老人」

「見るからに実直そうなお侍だ。今度の件に関係あるとも思えませんが」

「うーん、人数も限られていることだし、やめますか」

「そうですね」

そう言い合って、二人は初老の武士を追わなかった。

（いったいどこまで行くのよ）

お花は、真夏の炎天下、汗を拭き拭き、初老の武士の後を、見失わないように気をつけて付かず離れずついて行った。

早耳屋を抜け出た後、

(さてどこへ行こうか)

お花は迷った。神田駿河台か、御納戸町か。駿河台には弥助と巳之助、御納戸町には忠吉がいる。どちらに行っても、見つかれば追い返される。

(見つからなければいいんだ)

と、土地勘のある近くの駿河台に決めた。

お花が仁科の屋敷の見える辻に立ったとき、ちょうど初老の武士が出てきたところだった。お花のところから弥助と巳之助の様子も見える。

(あれっ、尾けないんだ)

お花は意外に思った。

(尾けないんだったら、私行っちゃうよ)

お花は、心の中でそう宣言して、初老の武士の後を追った。

初老の武士は、何とも悩ましげな様子で道を急ぐ。神田駿河台を出てから西へ、お花が気が付くと、牛込御納戸町を歩いていた。そして初老の武士が向かった先、それは無外流永原道場だった。

　初老の武士は道場の門前で、暫く何かを思案するように佇《たたず》んでいた。道場の通いの弟子であろうか、若い武士が通りがかりに声をかける。初老の武士は意を決したようにそれに応え、二人して門の中に入って行った。


「お花、こんなところで何をしている」

　と言う声にお花が振り返ると、そこには忠吉のひょろりと長い姿があった。

「忠吉さん、あ、そうか、ここ、忠吉さんが通っている道場だったわね」

「ああ、明るいうちは何も起こらんだろうからな。それに万が一何かあっても、井坂さんの長屋には香春先生が居る。先生なら一人でもちょっとの間は持ちこたえてくれるだろうから安心だ。それで、その時にはすぐに知らせろって公明に言って、ちょっと身体動かそうと思ってきたんだが、お花は、何でこんなところに」

「それがね……」

　お花が、神田駿河台の仁科の屋敷から初老の武士の後を尾けてきたと話すと、

「またそんな勝手なことを。帰れ。っていっても素直に従うような奴じゃないし、わかった。ちょっと見てくるから、ここを動くな」

と、忠吉が歩いて行こうとした。

その時だ。

件《くだん》の武士が、三十路半ばの大柄な武士と並んで門から出てきたではないか。

その光景を見た忠吉は、

「師範……」

呻《うめ》くように呟いた。

三十路半ばのその武士は、ここ永原道場住み込み師範、忠吉の敬愛する相田卯三郎だった。相田家と仁科家は親戚関係にある。相田は、今回の件に関係しているのだろうか。

（まさか）

と、忠吉は思う。思うが、もやもやとした不安が忠吉を襲った。

その様子を見て、お花は、

「知ってる人」

という問いを呑み込んだ。忠吉の様子を見れば、知り合いだということはわかる。しかも相当に親しい間柄と、お花は見た。

（忠吉さん）

お花は隣に立つ忠吉を、気づかわしげに眺めた。

門のところで相田と別れた初老の武士は、来た時よりも幾分か安堵した表情をしているように思えた。足取りも心持ち軽く、来た道を引き返す。

「帰れと言っても言うことを聞くような奴じゃないし、高安寺は知ってるな。そこの長屋へ行っておとなしくしてろ」

（しょうがない奴め）

とお花をにらんでおいてから、忠吉は、厳しく思いつめた表情で客人を見送っている相田に歩み寄った。その忠吉の表情もまた、お花が今まで見たこともないような思いつめたものだった。

「師範」

と、忠吉が相田に声をかけた。

「え、おお、忠吉か」

相田が、一瞬でいつもの穏やかな表情に戻った。

「御客人でしたか」

「ああ、相田の家の親戚、仁科家の用人、小林殿だ」

「そうなんですか。珍しいですね」

自分の家にもほとんど顔を見せない相田だ。親戚の家の用人などと付き合いがあるのだろうか。

「挨拶以外、話したこともない相手だが」

忠吉の言外の思いを察したのか、そう言った相田が、

「厄介な話を持ってきやがった」

と、ため息交じりに続け、

「ま、お前に心配かけることではない。さぁ、稽古稽古」

そう言って、道場へと歩いて行く。

(厄介な話って……)

相田の口から出たその言葉に胸騒ぎを覚えながら、忠吉も相田の後を追って道場に向かった。

じきに七つ。日暮れまであと一時だ。

十一

「そろそろかな」

井坂の長屋の近くの物陰に待機している忠吉に、中から身体を伸ばしに出てきた香春医師が、夕焼けに赤く染まった空を見上げて声をかけた。

「そうですね」

応える忠吉は、どこか元気がない。

「どうした。道場から帰ってから、ちょっとおかしいぞ。何かあったか」

と、香春は心配顔だ。

「別に何も」

忠吉がそっけなく言ったところに、

「まだ、こちらは何もないようだな」

と、忠道の声だ。

見ると、遊び人風の若い男を羽交い絞めにしていて、後ろには辰吉がいる。

「父上、そいつは」

忠吉の問いに、

「そろそろかなと来てみたら、こいつがこっちの様子を覗っていた。多分仁科の屋敷に浪人たちを集めた仙太が手配したものだろう」

そう忠吉と香春に言ってから、

「なっ」

と、若い男を見る。若い男がプイと横を向くと、

「素直じゃないやつだな」

羽交い絞めにした腕をねじり、締め上げる。

「いてぇー。そうです。その通りです。仙太親分に言われて」

と男が意気地なく白状すると、

「その辺の木に縛り付けておいてくれ」

と辰吉に託し、

「それはそうと、お花の姿が昼飯を食べてから見えなくなったんだ。清兵衛と巳之助が心配して探しているんだが」

心配そうに言うのに、

「中に居ますよ」

と忠吉が少々迷惑げに言う。

「えっ」

忠道は少し驚いて見せたが、

「そんなことだろうと思った」

と笑った。そして、

「先生、ご面倒をおかけします」

と香春を見る。

「なんの、少々不謹慎だが、楽しみだ」

香春が、そう言って笑い、

「お花ちゃんだが、お光さんを返したんだ。だから女手がなかったから助かっているんだ」

と、お花を庇《かば》ったところで、何か気配がする。その場の四人は一様に身構えた。だが、

「雇われた浪人者が五人、あと木村佐平治と仙太、越中屋の主、それに女が一人、おそらく越中屋の娘かと」

そう言いながら、近づいてきたのは弥助だ。

「先生、辰吉と中へ」

忠吉が香春を促す。

「わかった。中の守りは任せてくれ。さあ、辰つぁん」

「へえ」

香春と辰吉が長屋の中へと入って行った。

辺りは既に闇である。

数人の足音が聞こえ、そしてとまった。

「駒三、駒三」

小さく鋭い声がする。忠道が捕えた男を呼んでいるらしい。それに対する返事がないことで、足音の主たちは警戒を強めたようだ。

辺りの様子を覗っている。どうやら、こちらの気配に気づいたらしい。

それでも、井坂の長屋へ押し入ろうとする。その数五人。仁科の屋敷に集まった浪人者だ。

そうはさせじと彼らの前に立ちはだかるのは、忠吉、忠道、弥助の三人。

カチャッ、
鯉口が切られ、
ササッ、
刀が鞘を走る。

「タァー」

ひとりの浪人が忠道に斬りかかる。そのすきにもうひとりが長屋の中に入ろうとするのを、弥助が十手《じって》で防ぎ刀を叩きおとす。

「あ」

相手が刀を拾おうとした時、弥助の十手が鳩尾《みぞおち》に入る。

「うっ」

浪人者が一人倒れた。

そのころ、忠道が、はじめに斬りかかってきた相手を峰打ちで倒し、忠吉も少し遅れて斬り込んできた相手を同じように峰を返して倒していた。

忠吉の剣の流派、無外流に峰打ちはない。そのかわり相手の手や足の筋を切るのだが、同心という仕事上、やはり刀の峰を返すことが必要な時がある。忠吉は捕り物を通して峰を返すことを覚えた。

五人中三人を倒した。忠吉、忠道、弥助は、ホッと息を抜いた。

その一瞬のすきに、残りの二人が長屋に入ろうとする。

それを弥助が十手で阻む。

カーン、

「あっ」

弥助の十手が飛んだ。

忠吉、忠道が長屋の方へ向かうが、もう一人の浪人者が二人の前に立ちはだかった。

その身のこなしから、相当に腕が立つ。

「やぁ！」

十手を飛ばした浪人者が、弥助に斬りかかる。

「弥助」

忠吉が叫ぶが、忠道とともに動きが取れない。その時だ。長屋の戸が開いて、香春が抜き打ちざま素早く峰を返し、浪人者の胴を払う。

「お見事」

弥助が叫び、浪人者が長屋の中へ倒れ込んだ。中にいたお花と公明が、お花は門で、公明は刀を鞘ごと抜いて、めったやたらに打ち据えた。

それを見て、

「俺の出番がない」

と辰吉が笑っている。

あとは忠吉、忠道と向かい合う浪人者ひとり。相手に動揺の色が見えた。そして、年寄りの方が戦いやすいと見たのか、忠道に向かって斬り込んだ。

ガシッ、
忠道が鍔元で受けとめ、押し返す。二人の身体が離れた。

浪人者が大きく振りかぶり斬り込んできた。忠道が上体を低くし踏み込んで刀の峰で胴を払った。

ガクッ、
相手が膝をついたところ、背中をしたたかに打った。

バサッ、
最後の相手が倒れた。

「お見事、まだまだ腕はなまっちゃいませんねえ」

と、香春が後ろから声をかける。

「お互いにな」

と、振り返った忠道が言い、二人して顔を見合わせ、ニッと笑った。

すると、少し離れたところから、

「木村様、話が違うじゃありませんか」

小さく押し殺した声が微かに聞こえた。おそらく越中屋の声だろう。少し離れた物陰から、木村佐平治、仙太、そして仁科の殿様の側室になっている娘と一緒に四人で事のなりゆきを見守っていたらしい。

それを聞きつけた忠吉が、

「木村佐平治、越中屋、お前らの企みは全部お見通しだ。汚いまねしやがって、さっさと出てきやがれ」

闇に向かって呼ばわった。

闇が動き、木村、仙太が現れた。二人の陰に隠れるように、越中屋父娘も居る。

木村が忠吉を睨みつける。そしてそのまま刀を抜いて斬りかかる。忠吉も視線を木村に据えたまま抜刀して素早く峰を返した、その時だ。

バサッ、
目の前の木村が倒れた。木村の後ろに現れた武士の顔を見た忠吉は、

「師範」

と呟いたまま、立ち尽くした。

木村の後ろに現れた武士、それは、無外流永原道場住み込み師範、忠吉が敬愛する相田卯三郎だった。

相田は、固まったままの忠吉に、

「忠吉、無外流に峰打ちはない」
と言うが早いか、
バサッ、バサッ、バサッ、
三回刀を振るった。
すると、仙太と越中屋父娘、三人が、自分の身に起きたことがわからないまま倒れていった。

十二

「忠吉さんは、どうしておられます」

清兵衛が、忠道に訊いた。

高安寺裏手、井坂の長屋前での立ち回りから三日後の昼下がり。神田明神近くの瓦版屋早耳屋。お花、巳之助、辰吉の三人が辻売りに出て、清兵衛一人残ったところに、忠道がひょっこりと顔を出したのだ。

「忠吉も、子供じゃない。お偉いさんのお家の事情、家名を守る苦労はわかっている。

わかっていても、相田さんは忠吉にとって、師と仰ぎ、兄のように慕っているお方だ。

その相田さんが目の前で……、元の心持ちに戻るには、ちっと時間がかかりそうだ」

ため息交じりに言う忠道は、困惑の表情を隠せない。


あの日、偶々《たまたま》木村たちの悪だくみを知ってしまった仁科家の用人小林孫兵衛は、

（すわ、一大事）

と、仁科のお殿様に注進した。

驚いたのは仁科のお殿様だ。下手すると直参旗本五百石仁科のお家を自分の代でつぶしかねない。

「どうする、孫兵衛」

おろおろと、小林にすがる。暫し思案した小林は、

「この孫兵衛に、万事お任せを」

と、胸を叩いて御前を下がり、自室へもどり、すぐに外出した。

行先は牛込御納戸町、無外流永原道場。そこの住み込み師範、相田卯三郎を訪ねるつもりだ。

（北町の木村佐平治と仙太という岡っ引き、越中屋、それに、御寵愛深い殿にはお気の

毒ではあるが、御鶴の方にも死んでもらう。それが御家のためだ）

小林は固く心を決めていた。

小林は相田に四人の始末を頼むつもりだ。

相田の実家は旗本千五百石。仁科の本家筋にあたる。さりとて小林は相田とは昵懇ではない。昵懇どころか、会ったのも二回程度、そのとき挨拶の言葉を交わしただけだ。

そんな相手がいきなり訪ねて行って、

「四人の人間を斬ってくれ」

と頼む。そんなことは常識では考えられないことだ。しかし、その非常識を小林はやらねばならない。

旗本五百石。

家中に人がいないわけではなし、家中の者に命じればよいではないか。

当然、小林も考えた。

しかし、越中屋の金は家中のいたるところにばらまかれ、今やどこに敵がいるかもわからぬ状態なのだ。

（お家のためだ）

そう思いつめ、小林は、

「お願いいたしまする、卯三郎さま。なにとぞ仁科の家をおすくいくだされ」

と、永原道場を訪ね、相田を前に、畳に頭をこすりつけた。

相田は、実家とも必要最小限のかかわりしか持っていない。それが何が悲しくて数回しか会ったことがない親戚のために、自分とはかかわりのない四人もの人間を斬らねばならぬのか。

相田は断ろうと思った、いや実際一度は断った。

しかし、小林は引き下がらない。

(もし俺がこのまま断ったら、この人は自分で四人を斬りに行くのではないか)

と相田は思った、そしてその結果は、

(返り討ち)

おそらく命を落とすだろう。

切羽詰まった小林の話に、嘘はないと思う。木村佐平治、越中屋は許せないやつらだ。

(うーん)

短い熟慮の後、

「わかりました」

気づいたら、相田は承知していた。

ただ相田も、まさか現場で忠吉と会うなど、考えてもみなかったことだろう。

道場での稽古は厳しいが、普段は温和な相田の姿しか知らなかった忠吉は、相田の、自分が見たことのない一面を目の前で見せつけられた格好だ。

その衝撃は大きかっただろう。

「時間はかかるが、これでまた一つ、大人になってくれると思っているんだ」

忠道は、期待を込めたように言った。

「そうですね」

清兵衛も深くうなずいた。

「それにな、お花がな、何かと気を使ってくれている」

という思いがけない忠道の言葉に、

「え、お花が」

清兵衛は驚いた。

「現場に居たからな、お花も。忠吉のことを心配して毎日訪ねて来ては、忠吉相手に憎まれ口をきいて元気づけてくれている。優しい娘だよ。お花は」

しみじみと言う忠道に、

「憎まれ口ですかい、しょうのない奴だ」

清兵衛は嬉しそうにため息をついた。

五人の浪人者が井坂の長屋を襲撃した一件は、単なる押し込みとして、北町奉行所の扱いで処理されることになった。

しかしこの事件で、木村佐平治、仙太、越中屋父娘の四人もの人間が死んでいる。それをどう処理するのだろうか。

御上の動きは迅速だった。

事件の翌日には、木村の親戚筋から奉行所に、木村佐平治の病死の届けがあった。木村には妻子はいない。町方同心は一代限りのお雇い身分、木村の家は終わった。身寄りがなかった仙太の死は、原因さえも問題にならなかった。越中屋の死も病死として届けられ、昔の賄賂云々を問題にされ調べが始まったという。遠からず闕所《けっしょ》になるという見方が強い。そして、旗本仁科家から、側室某の病死が届けられた。

「手際のいいこって」

清兵衛が皮肉を込めて言う。

忠道はそれに対しては応えず、

「井坂さんの意識が戻った、これが救いだな」

と、微笑った。

「ああ、そうだ、そうでした」

と、清兵衛が受けて、

「本当に、間のいいことと言ったら。騒動がすんで、先生が井坂さんのところへ戻って間もなく、井坂さん、気がついたということじゃあないですか」

と、笑顔になった。

「そうなんだ、あれには驚いた。間が良すぎる。こんなこともあるんだなあって、お花と辰吉と三人で顔を見合わせたよ」

「なんで倒れていなすったのか、その真相もわかったし」

「そうそう、何のことはない。立ち眩みでふらついて倒れた場所が悪かった。しかしあれだなぁ、清兵衛、年取ってから一人暮らしってのは考えもんだなぁ。これ、あのときお光さんが見つけたからよかったというものの、もう少し見つかるのが遅かったら、助からなかったと、香春先生が言っていた」

「年取ってからって、井坂さんてお人、まだそれほどの年でもありますまいに。娘さんの年を考えるに、あっしらとそれほど違わないんじゃないですか」

そういう清兵衛に、忠道が、

「ああ、俺たちと変わらん、だから年寄りだよ」

と言うと、

「違《ちげ》えねえや」

「だろ」

と、二人して笑った。

忠道が清兵衛の手元に残された試し刷りの瓦版に手を伸ばし、引き寄せて一読して、

「ただでは起きないねぇ、清兵衛」

と、半分は感心したように、しかしもう半分はからかうように言った。

「ええ、こちとら、商売ですからね」

と、清兵衛がけろりと応える。

「仁科家から書いてくれるなと頼まれ、北から書くなと命じられて、どうするかと思ったら、健太郎お光夫婦の話に持ってくってえのは、さすがだな。若い娘の好きそうな話になったじゃないか」

「ええ、健太郎さんから、じっくり話が聞けましたからね。巳之助がうまくまとめてくれました」

お光という器量も気立ても特上の女房を持ちながら、それも祝言を挙げてまだ半年しかたってないというのに、別の女のところに通っていた健太郎。

初めはお花は不実だと腹を立てていたが、清兵衛ら男たちは、

（武田屋の嫁、若内儀になることに一所懸命のお光に、あまり相手にしてもらえず寂しかったのではないか）

と考えて同情とまではいかないものの、悪い印象は持っていなかった。

その健太郎に話を聞いてみると、もちろん、

「寂しかった」

などとは言うはずもないが、言葉の端々からそれが窺えた。

お光が気に入らない、嫌いだというわけではない。むしろ大好きで、自分の方を向いてほしかったのだ。乳母日傘《おんばひがさ》で育ったぼっちゃんの可愛いわがままと言ってもいいだろう。

お光は賢い女だ。それがわかったからには、自信をもってうまくやっていくだろう。

「この瓦版の一番の売りは、健太郎とお里の関係だな」

忠道が、瓦版を目の高さに挙げて、眺めるようなしぐさで言った。

「へえ、まあ」

と、清兵衛がにんまりと笑う。

「しかし、にわかには信じられねえなぁ。五体満足、まともな男が二月、一人暮らしの若い女のとこへ足繁く通って、それで清い関係だぁ、そんなこと、誰が信じられる。これ、本当に本当なのか」

忠道はかなり疑っているようだ。

「そのようです」

という清兵衛の返事にも、

「しかも、毎晩、お里に読み書きを教えていたっていうんだから、信じられるか、年頃の男と女が夜な夜な、いろはの手習いだなんて」

と信じられない様子だ。

「旦那なら、はの字忘れてってことになりますね」

と、清兵衛がからかうも、

「ガキの頃からいろはを覚え、はの字忘れて色ばかりってか、俺はもうそんな元気は……馬鹿野郎、何言わせやがる。それでも若い奴らは……本人たちが、そう言っているだけだろう」

と、まだ疑っている。が、清兵衛に、
と、言われ、

「あのお里ちゃんが、その手の嘘をつけると思われますか」

「それもそうか」

これはさすがに忠道も、納得せざるをえなかった。

「健太郎と言う男、そうとうな変わり者だな」

忠道が呆れたように言い、

「でも、悪い奴ではないことは確かなようだ」

と付け加えた。

「へえ、全くで」

清兵衛も同意し、

「しっかり者のお光さんと、似合いの夫婦かもしれませんぜ」

しみじみとした口調になる。

「そうだな」

忠道も感慨深げだ。が、ふと思いついたように、

「お里はどうなる」

と訊いた。

「女中として、武田屋へ奉公するそうです」

「そうか、万事うまく収まったな」

「へえ」

二人は顔を見合わせて頷きあった。

真夏の昼下がり、金魚売りの声が遠く聞こえた。

第三話　逆たま祝言

序

あかねの空に暮れ六つの鐘が響いた。

ここ神田明神近くの瓦版屋早耳屋では、娘のお花が台所の外で、七輪からもくもくと上がる煙と格闘しながら秋刀魚《さんま》を焼いている。その何とも言えぬかぐわしい香りが、初秋の風に乗ってあたりに漂っていた。

「いい匂いだ」

ネタ拾いから帰って来た読売人の辰吉が、整った形のいい鼻をクンクンさせながら、匂いの源を求めて、勝手口の方に廻った。

「おお、もう秋刀魚の時季か」

辰吉と連れ立って帰って来た聞き書き人の巳之助も、後を追い同じように匂いをかいで笑顔を見せる。

「初物にしては脂がのって美味しそうだったから」

網の上の秋刀魚をひっくり返したお花も、そう言って微笑みかえした。

今日は処暑《しょしょ》。暑さもようやく収まる頃、とは言っても日中はまだまだ残暑がきびしい。が、それでも朝夕はめっきり過ごしやすくなって、八百屋や魚屋の店先には、ぽちぽちと秋の味覚も出始めた。

知らぬ間に、季節はゆっくりと、だが確実に進んでいる。


「何か、おもしれぇネタは拾えたか」

台所から、主の清兵衛の大きな身体が、のっそりと現れた。

「いえ、全く」

と、巳之助が、疲れた様子で応えると、

「江戸の町は平穏無事、静かなもんでさ」

と、辰吉がやけ気味に、わざと明るく言った。

「まあ、そういう日もあるわな」

清兵衛が、軽く返して、

「お花、焼けたか」

と、煙を防ぐため手ぬぐいを口のところに巻いて網の上の秋刀魚の様子を見ているお花に声をかける。

「もうあと二匹。二匹は焼けてるから、それ、そこのお皿、辰つぁん、悪いけど持って行って、中の煮物もお願い」

と、お花が辰吉に願った。

「あいよ」

と、辰吉は焼き立ての秋刀魚の載った皿を両手に受け取り、清兵衛、巳之助と一緒に奥へと入って行こうとする。

そこへ、どこからやってきたものか、野良猫が一匹現れた。秋刀魚の焼ける匂いにつられてきたのだろう。あわよくばおこぼれにあずかろうと、辰吉の足元にまとわりついている。このところよく見かける、まだ若い三毛猫だ。

「しっしっ」

辰吉が追うが、全く怖がっていない様子で、逃げて行こうとしない。くりくりとした大きな目で辰吉を見つめ、可愛い声で、

ニャー、
と鳴いた。

「おいおい、そんな可愛い目で見つめるなよ」

と辰吉が猫に言い、

「お花ちゃん、お花ちゃん、何とかしてくれよ」

と、お花に助けを求める。

「おなかがすいてるの、いい匂いだもんね。でも今は駄目よ。人さまが先。私たちが食べてから、アラをあげるから、しばらく待っててね」

お花がそう言って、背中をひと撫でりすると、今までまとわりついていた辰吉の足から離れ、
ニャー、
と鳴いて、お花の方を向いて、ちょこんと座った。まるでお花の言っていることが理解できたみたいだ。

それを見ていた巳之助と辰吉が、

「わかるのか」

「すごいな」

「お花ちゃんがすごいのか」

「はたまた、その猫がすごいのか」

と言い合い、笑いあって中に入って行った。


「うまかったよ」

「ごちそうさん」

そう言って、巳之助と辰吉が帰ったあと、お花が片づけを終わり、

「そろそろ、表、閉めようか」

「そうだな、暇なときは、早寝するか」

清兵衛と、そう言い合っていたところに、

「邪魔するぜ」

と訪ねてきたのは、今は隠居の身の元南町奉行所定町廻り同心塚本忠道だ。みると、一升徳利と大きな鉢を抱えている。

「これは旦那」

「いらっしゃい」

清兵衛とお花が迎え入れる。

「うちのばあさんが里芋を炊いてな、うまく炊けたから、お花ちゃんに持ってけって言うんでな。それに頂き物の松茸があったんで、焼き松茸で清兵衛と一杯やろうと思ってな、こうやって酒持参でやってきた」

と、徳利を掲げてみせた。

塚本忠道と妻の美佐、夫婦の間に子はただ一人、今は父親の跡を継ぎ南の定町廻り同心になっている忠吉がいるだけで、娘はいない。だから夫婦して、生まれた時から知っているお花を我が子のように可愛く思っている。特に美佐は、母親を早く亡くしたお花の母親代わりを自認して、何かと気遣ってくれるのだ。おかずを多く作っては、今日のように忠道に持たせてくれたりする。忠道も清兵衛と飲む口実ができるというので、喜んで妻に使われているのだった。

「これはこれは、酒までご持参とは痛み入ります。それにもう松茸が出回っているんですかい。こりゃあ驚いた。まだ彼岸にはひと月もありますぜ」

清兵衛は、忠道と美佐の好意に恐縮し、また松茸の出回る時季の早さに驚きの声を上げた。そして、

「ああ、昔、こっちでお店の金を持ち逃げした手代が北へ北へと逃げて行きやがって盛岡でお縄になってな。その時に取り調べだ、引き渡しだと世話になったあっちの町奉行

所のお方がな、何かと珍しいものを贈って下さるんだ。あっちでもこの時季には珍しいから、江戸じゃあまずないだろうってな」

と話す忠道に、

「さいですか、旦那のご人徳ですね」

と応じ、

「お花、有り難く頂戴してな。うまく焼けよ、間違っても焦がすんじゃないぜ」

と、お花に命じた。

「わかってるわ」

お花は、清兵衛に応えてから、

「有り難うございます。いただきます」

と、里芋の煮物の鉢と松茸を忠道から受け取り、台所へと入って行った。そのお花の背中に、

「秋刀魚はもうないのか」

と、清兵衛が問いかけた。何もかもお持たせでは心苦しいと思ったのだろう。

「うん、あれで全部」

と応えるお花も、申し訳なさそうだ。

「煮物があったが、里芋を頂いたしな」

「そうよ、いつもおばさんのお料理を召し上がってる塚本のおじさんに、私の煮物なんか出せやしない」

そんな二人の会話を聞いていた忠道が、

「お花が煮物を拵えたのか、食べてみたいな」

と言って、微笑う。

「ほんとですかい」

清兵衛が訊くと、

「ああ、本当だとも」

と忠道が頷いた。

「お口に合いますかどうか」

お花が恥じらい気味に持ってきた蓮根と人参とごぼうの煮物を前に、

「お、うまそうだな」

と言うと、蓮根を一つ、口の中へ放り込んだ。そして味わうように嚙んでからごくりと飲み下し、

「こりゃあ驚いた、ばあさんと同じ味だ」

と、大袈裟に驚いてみせた。

「ほんとですか」

お花が嬉しそうに目を輝かせた。

「ああ、三十年近くばあさんの拵えたものを食べ続けてきた俺が言うんだから、間違いない」

忠道がそう言って微笑みかけると、嬉し恥ずかしのお花は、

「松茸、うまく焼いてきますね」

と言って台所へ走って行った。

その後ろ姿を目で追いながら、

「煮物の味が、早耳屋に戻ったな」

と、忠道が清兵衛に言う。

「え」

「あの味、美佐がお世津さんに教わった味だ。煮物がどうしてもうまくできないっていう美佐に、お世津さんが懇切丁寧に教えてくれたんだそうだ」

「そうだったんですか、道理で」

「気づいていたか」

「この頃、あいつの拵える飯の味がお世津の味に似てきたなって、母親の顔もろくに覚えてないはずなのにって、不思議に思ってたんでさ」

清兵衛は感慨深げだ。

お花の母親のお世津は、お花が数え年三つの春に亡くなった。だから清兵衛が言うように、お花は母親の顔を覚えてはいない。

「そうか……、いい娘に育ったな」

という忠道の言葉に、

「へえ」

思わず応えてしまってから、清兵衛は、

「生意気になりやがって」

と、照れ隠しに腐してみせた。

「さてと、飲むか」

お花の拵えた煮物をつまみながら、松茸の焼けるのを待ちきれずに飲み始めた忠道が清兵衛に、

「巳之助と辰吉は、もう帰ったのか」

と訊いた。

「へえ、書くネタがないから仕事がない。そんなときは晩飯喰ったら帰しますんで」

「ネタがないか」

「へえ、四日前に、置いてけぼりの河童の話を載せたっきり、ネタ枯れなんで」

「置いてけぼりとは、また、目新しくもないネタだな。そんなネタ、売れるのか」

「苦し紛れの怪談話でさ。お察しの通りさっぱり売れませんでした」

清兵衛は自嘲ぎみに笑い、勧められるままに湯飲みに酒を受け、

「いただきやす」

と一口飲み、

「何か面白い話、ありませんかね」

ため息交じりに忠道に問いかけた。

「瓦版のネタになるかどうかはわからねえが、この間、忠吉から聞いた話が、何とも気持ちのいい話だった」

という忠道は、その気持ちのいい話を思い出したものか、嬉しそうに笑って、蓮根を一口かじり、湯飲みの酒で流し込んだ。

「忠吉さんといやあ、少しは元気になられましたか」

忠吉は、半月余り前、敬愛する道場の師範相田卯三郎の、自分の知らない一面を目の当たりにして落ち込んでいた。

「ああ、お花が何かと理由を付けて三日と開けず訪ねてくれて、時には外へ引っ張りだしてくれていた。そんなお花の気持ちに応えなけりゃって思ったか、何とか自分で理屈をつけて納得したようだ。親の俺が言うのも何だが、少し大人になったっていうか、一皮むけた感じがする」

「それはようござんした。そうやってだんだん一人前の同心になっていきなさるんだねえ」

と清兵衛が感慨深げに言うと、

「それがいいのかどうか……」

と、忠道がしみじみと言う。が、すぐに湯飲みの酒を一口飲み、気分を変えた。

「今話した気持ちのいい話ってのは、忠吉が相田さんと一緒に招かれた祝言の場で起こったことなんだ」

「へえ、そうなんで」

「聞きたいか」

「へえ是非」

「よし」

忠道は嬉々として話し始めた。

一

空が抜けるように高く、そして青い。

その空に、真っ白い雲が一つ浮かんでいる。昨日までの暑さがまるで嘘のようだ。カラリとして程よい風が木々を揺らす。まさに秋晴れ、立秋を過ぎたばかりで、昨日はまだ、真夏のように暑かった。これでこのまま涼しくなるとは到底思えないのだが、今日の空は秋そのものだ。

七月初めの昼さがり。

江戸は牛込御納戸町。無外流永原道場。稽古を終えた忠吉は、通いの弟子たちにあてがわれた部屋の縁側に腰かけて同じく稽古を終えた二人の弟弟子、寺村幸次郎と小西雄介が、井戸端で並んで汗を拭いながら、話している声を聞くとはなしに聞いていた。

忠吉の表情は、何とも優しく穏やかだ。

その場を吹きぬける涼風が、そんな忠吉の頬と、そして両肌脱《もろはだぬ》ぎの二人の背中を爽やかに撫でていった。


「御書院番組頭、一千石か」

雄介が何とも嬉しげな様子で、幸次郎に訊く。それに対して幸次郎は、

「ああ」

とだけ答えた。

「どうした、あまり嬉しそうではないな」

雄介が拍子抜けしたように言うのに、幸次郎は、

「実感がわかぬのだ。考えてもみろ。俺は、結衣どのの顔も知らぬ。それが、昨日、父上に呼ばれ、婿入り先を決めてきたと、上機嫌で言われた。しかも、祝言は今月の十七日だというではないか。あと十日ほどしかない」

そう言って大きく溜息をついた。そして、それを聞いた雄介に、

「贅沢を言うな。我等貧乏御家人の冷や飯は、養子に行くか、さもなければ、一生、父や兄や甥の厄介にならねばならぬ哀れな身の上。それが養子先があっただけでも有り難

いのに、旗本だぞ。一千石だぞ。『お殿様』と家来に傅《かしず》かれるのだぞ。これの何が不服だというのだ。この罰当たりめ」

と、背中をどやしつけられると、

「別に、不服だなどとは言うてはおらぬ」

仏頂面で手拭いを堅く絞り、ごしごしと身体を拭いた。


幸次郎の家も雄介の家も、家禄七十俵五人扶持の御徒衆《おかちしゅう》だ。そして二人とも、その家の次男坊、跡目は継げない冷や飯だ。お偉方の目に留まるほどとびぬけて優秀であれば、お雇いというかたちでお役につくことも可能だが、そんなことはごく稀なこと。ふつうは適当な養子先を見つけるしか世に出るすべはない。さもなくば、雄介の言うように、一生部屋住み、兄や甥の厄介にならねばならぬ哀しい身の上なのだ。

そんな幸次郎に、願ってもないような養子の話が舞い込んだ。

相手は、御書院番組頭、知行一千石の大身旗本岡島家。当主晃資《あきすけ》のひとり娘、結衣の婿にという縁談だ。

養子先があっただけでも有り難い話なのに、一千石と言えば、旗本の中でも大身。なんと運のよいことか。

雄介に言われずとも、幸次郎も、自分の身の上に起きた幸運は、よくわかっている。しかし、

（なぜ、俺なのか）

と、そこのところがどうしても腑に落ちない。

剣の腕は、二十歳の若さで目録を貰っている。皆伝免許もそう遠くない将来貰えると思う。それなりに自信はある。が、それとて、とびぬけたものではない。無外流という流派もそんなに大きい流派だとは言えないし、通っている永原道場は弟子の数は三十人程度とどちらかと言えば小さい方だ。学問もまたしかり。嫌いではないし、出来る方ではあるものの、秀才の誉れ高いとまではとてもいえたものではなかった。

（いったい、この俺のどこをどう気に入って、岡島さまは、自らの娘の婿にと望んでくださったのか）

晃資と言葉を交わしたことなどあるはずもないし、どこでどう自分が認識されたのか、幸次郎には、さっぱりわからなかった。

そのことを話すと、雄介は、

「何か心当たりはないのか、町でごろつきに絡まれている娘を助けたとか、爺さんがやってる飲み屋で酒代を踏み倒そうとした酔っ払いをぶちのめしたとか、そんな武勇伝で

はなくとも、急病のご婦人を介抱したとか。それとも……」

と、矢継ぎ早に例を挙げ、もっとないかと思案している。

「それがないから不思議なのだ」

と、幸次郎は溜息をつく。

昨夜、満面の笑みで話す父幸助に訊いてみた。が、幸助も、

「さあ」

と首をかしげるばかりだった。

そして、

「とにかくお前を婿にと、岡島さまからお話があったのだ。旗本ぞ、一千石ぞ。夢のような有り難い話ではないか」

と、嬉し涙を浮かべて言い、

「祝いじゃ」

とひとり祝杯をあげ、へべれけになり寝てしまった。

幸助にしてみれば、幸次郎を婿にと請われた訳、相手方から言ってくれればいいが、言ってくれぬものを、こちらの方から、

「なぜ我が倅を」

とは訊き難かろう。そしてそれ以上に、降ってわいたような幸運に、舞い上がってしまったのだ。理由を訊くなどということは考えもしなかったのかもしれない。いや、不思議に思う思考力さえなくなっていたのではないかと思われる。

恐らく、

(これは夢か)

と疑い、

(夢ならば醒めてくれるな)

と願いながら、岡島家からの使者を前に、ひれ伏し、畳に頭を擦りつけていたのだろう。

酔いつぶれて寝てしまった父親を部屋に残し、幸次郎は自室に戻り、訳のわからぬままに床につくしかなかった。そして一夜明けた今日になっても、まだ、現実のものと思えず、なんとも不思議で実感がわかないのだ。

道場で友の願ってもないような話を聞いた雄介の方が、まるで自分の事のように喜んだのだった。

「結衣どのとはどのような娘御であろうな」

雄介が幸次郎に言うとはなしに呟いた。

「さあ、旗本の姫様など知り合いにおらぬからな、とんとわからぬわ」

幸次郎は、そう応えながら、はじめて若者らしい胸の高鳴りを覚えた。それを傍にいる雄介に知られはしないかと、ひとりどぎまぎとして、

「さて、蕎麦《そば》でも食って帰るか」

と、話題を転じると、

「お前の奢りな」

と、雄介がニッと笑った。


二人の話を聞いていた忠吉は、幸次郎の幸運を喜び、また我がことのように喜んでいる雄介の友を思う心根に感動した。

二人の傍に行って、幸次郎の幸運を祝い、雄介の友情を賛美したかったが、二人の間の何とも言えぬ良い雰囲気をこわしてしまう気がして、やめておいた。

（後日、何かで祝ってやろう）

そう思い、二人に気づかれぬようにその場を去った。

その時は、まさかその祝言によばれるなど、思ってもみなかったのだった。

二

昨日の清々《すがすが》しい秋晴れとは打って変わり、神田駿河台は未明から降り出した雨にしっぽりと濡れている。

初秋の朝。

「よく降る雨だこと」

「ほんに左様でございますねえ」

書院番組頭、岡島晃資の邸では、一人娘の結衣が乳母のさとに髪を梳《す》いてもらっていた。

「ねえ、さと、寺村幸次郎さまってどのようなお方かしら」

結衣が少し強く頭を後ろに引かれながら言った。

結衣は昨日初めて、父晃資から自分の夫になる者の名前を聞かされた。

旗本の姫様らしくおっとりとしている。その上まだ十六歳。その幼さも手伝って、結衣は自分の知らないところで自分の将来が決められることに、あまり疑問を持たず、すんなりと受け入れているようだ。相手のことを、

（どんなお方なのだろうか）

ただ無邪気に思っている。

「それは、お殿様のお眼鏡に叶ったお方、立派なお方だとは存じますが……」

こう応えるさとの方が、何とも納得がいかない様子だった。

「何か、喜んでくれてないみたい」

と結衣に言われ、

「いえいえ、おめでたいことで……」

と、取り繕うものの、

「だめよ。さとが喜んでくれているか、喜んでくれていないか、私にはちゃんとわかるんだから」

と、おっとりした姫様にさえ見透かされている。

「お殿様は何故、七十俵の蔵米取りの部屋住みなんかを姫様のお相手にお選びになられたのでございましょうか、奥方様はご心配しておいでてございます。釣り合わぬは不縁のもとと」

さとは正直な気持ちを言った。

釣り合わぬ……。

一千石の知行取りと七十俵の蔵米取り。

七十俵の蔵米取りと言われても、それがどの程度のものか、どのような暮らしをしているのか、結衣にはわからない。

四公六民に少し足りない当時の旗本領の年貢率でざっとした計算をするに、年収は一千石の知行取りの岡島家の凡《およ》そ十五分の一だということはわかる。だが、それがどの程度のものなのか、どのようなものを食し、お役目のない日はどのように過ごしているのだろうか、全く見当がつかない。

「御父上には何かお考えがあってのことでしょう。御父上が結衣の為にならぬことをお決めになるはずがないですもの」

いくらおっとりした姫様だといっても結衣にも不安がないわけではなかった。が、さとを相手に自ら発した言葉によって、

（そうだ。御父上が私の為にならぬことをなさるはずがない）

との思いを再確認するのだった。

そして、不安を吹っ切ったところで、

(家禄七十俵五人扶持、御徒衆寺村家の次男幸次郎さまとは、どのようなお方なのだろうか)

年頃の娘らしい、どきどき感、わくわく感で胸を高鳴らせている。

そんな結衣を、

(私ごときが気をもんで心配しても、どうなるものでもない。今はお殿様をお信じ申し上げよう)

と思い切ったものか、さとが、穏やかな温かいまなざしで見つめていた。

祝言まで、あと十日。

相手が誰であれ、御書院番組頭、知行一千石の大身旗本、岡島家の祝言だ。それなりの格式がある。岡島家では急に決まった祝言の準備に大わらわ。なんとも慌ただしい時間が流れていった。

三

慌ただしく時は過ぎ、今日は安政六年七月十七日、大安吉日。寺村幸次郎と岡島結衣の祝言が、岡島家の奥座敷で執り行われている。

誰の心掛けがよかったものか、空には雲一つなく爽やかに晴れ渡った。

なぜか、この祝言に、忠吉が呼ばれた。

忠吉だけでなく、永原道場の住み込み師範である相田卯三郎も呼ばれ、新郎側の席に座っている。こんな言い方をすると、相田の方が忠吉のおまけみたいにとれるかもしれないが、もちろん真実はその逆、おまけは忠吉の方だ。

相田は庶子とはいえ千五百石の旗本の子息だ。釣り合いのとれぬ両家の客をなんとか少しでも釣り合わそうと考えた挙句、

（幸次郎の通っている剣術道場の師範は、確か、旗本、無役ながら千五百石の相田家の子息ではなかったか）

と、寺村家側の親戚の誰かが気づき、相田を呼んだのだろう。そして、新郎だけにしか面識のない相田が一人では来づらいだろうとの気遣いから、三十俵二人扶持と軽い身分の町方同心ではあるが、道場ではそれなりの地位にある忠吉もそこに呼ばれたのだと思われる。

そんな事情から、忠吉と相田の席は、新郎側の主賓の位置だ。

両家親戚などの紹介も終わり、料理が運ばれ、酒も程よく回って、列席者同士の挨拶や雑談があちこちで始まったころ、その事件は起きた。

岡島家側の末席に近いところで、年の頃なら二十五、六の中肉中背、目鼻立ちのすっきりした男がひとり、手酌で酒を飲んでいた。男の名前は戸田新之助という。結衣の母の兄、無役ながら二千石の旗本戸田主税の次男、つまり、結衣の従兄だ。

父の主税と兄の彰隆と三人で列席していたが、父と兄は、所用の為、既に帰宅。新之助一人が残っていた。

その新之助が、さっきから、小声でぶつぶつとひとりごとを言っている。

「なぜだ、なぜ、貧乏御家人の小倅なんだ。叔母上は日ごろから、『結衣の婿には新之助を』と言うてくれていたのではなかったのか」

新之助は、持っていた猪口を捨て、銚子から直接酒を飲み始めた。やがてそれを飲み干すと、

「認めん。俺は認めんぞ」

呟いたかと思うと、突然、がばと立ち上がり、

「俺は認めんぞ。こんな祝言」

　大声で叫んだ。

　その場に居た宴客全員の視線が新之助に集まる。が、誰も新之助を取り押さえようとはしない。

　忠吉が止めようと腰を浮かしたが、

「まて、少し様子を見よう」

と、相田に止められ、座りなおした。

　新之助の父や兄がその場に居たら、
お家の恥、
とばかりに有無を言わさず取り押さえたであろうが、二人は既に帰宅していて、その場にいないのだ。

　次男坊の気楽さで多少軽々しいところはあるが、日頃から明るく好青年と評判の新之助のこの態度に、皆、驚くばかりだった。そして、

（新之助殿でもこのようになるのか）

と、次男坊の悲哀を思う者も少なくなかった。

向けられた視線にたじろぐこともなく、新之助は、幸次郎と結衣の方へ、ふらつきながら、近づいて行った。

白無垢姿の結衣は、キッと顔を上げ、純白の綿帽子越しに、目の前に立った新之助を睨んだ。

「新之助さま、少々お酒が過ぎたようにございますな」

姫育ちとは思えぬ、しっかりとした口調だ。

着慣れぬ裃姿の幸次郎は、初めて、まともに結衣の顔を見た。

新之助を睨んだ結衣の顔は、凛として美しかった。

(なんと綺麗な人だ)

幸次郎は心の中で呟いた。

そんな幸次郎を指さして、新之助は結衣に向かって叫ぶ。

「結衣、俺は認めんぞ。こんな貧乏御家人の小倅が結衣の婿などと、断じて、俺は認めんぞ」

結衣は、日ごろ兄のように思っていた新之助の思わぬ態度に一瞬驚き、たじろいだが、すぐに負けずに声を張る。

「別に、新之助さまにお認め頂かずとも結構でございます」

幸次郎は黙って結衣の隣に座っていながら、ちらちらと、結衣の顔を見ていたが、思わず小声で呟いた。

「凜々しくて、それでいて、愛らしい」

呟いてから我に返り、誰かに聞こえはしなかったと、どぎまぎと、辺りを見回している。

結衣が誰にとはなしに呼びかけた。

「新之助さまが悪酔いをなされたようでございます。どなたか、別室へお連れして休ませて差し上げては頂けませんか」

それを聞いて新婦側の宴客数人が立ち上がった。

「おのれ、馬鹿にしおって」

新之助が結衣につかみかかろうとしたその時、幸次郎がすっと立ち上がり、結衣と新之助の間に割って入った。

「我が妻に何かご無礼がございましたのなら、妻に代わり私がお詫び申します故、この場は何卒《なにとぞ》、お鎮まり下さい」

物腰はやわらかく言葉は丁寧だが、不思議に有無を言わさぬ迫力がある。

結衣は幸次郎を見上げ、

(なんと、頼もしいお方)

ぽっと頬を染めた。

新之助が宴客数人に、

「気持ちはわかるが、いい加減にしなされ」

と、取り押さえられて部屋から連れ出されていくが、結衣と幸次郎の目にはもう、全くそれは見えていない。

幸次郎がゆっくりと座った。

それを結衣が目で追う。

幸次郎が結衣の方を見る。

二人の目が合い、微笑みを交わし、二人とも我に返り、恥じらって下を向いた。

四

夜も更けた。

もうすぐ四つ（午後十時頃）の鐘が鳴る。

この日は妙に秋めいて、日が落ちると急に肌寒さを感じる。夜が更けた今は、道を歩くのに、つい背中が丸くなるほどだ。

少し前まで、祝い酒にほろ酔いの祝言の客が帰って行く声で賑わいざわついていた岡島家の玄関先も、今はもう、他の邸同様に夜の静寂の中にあった。

忠吉と相田は、何か、宴でのあの騒動が、

（あの後どうなったのか）

（あの新之助という男、この後どうするのだろう）

と気になって、帰れずに屋敷の周りをうろついていた。

その岡島家から出てきたのは、もうすっかり酔いも醒めた様子の、当の戸田新之助だ。

酔った勢いとはいえ、あんな騒ぎを起こしたのだ。さぞ親戚一同から責められ、しょげているかと思いきや、なんとも清々しい晴れやかな顔をしている。

まあ、あんな破廉恥なことをする男、まともな神経ではないのかもしれない。

(見下げ果てたやつだ)

忠吉は怒りがこみ上げたが、隣に立つ相田は、それほどでもない様子だ。

(師範は、腹が立たないのか)

忠吉は不思議に思い、隣に立つ相田の横顔をしげしげと眺めた。

岡島家の家紋入りの提灯を片手に、足取りも軽く夜道を行く新之助の前に、影が一つ、闇から、
ぬっ、
と、現れた。

「わっ、急に出てくるな」

新之助は大袈裟に驚いて見せて、提灯を掲げてその影の顔を照らす。提灯の火に照らされて闇に浮かんだその顔は、なんと幸次郎の親友、雄介の顔だった。

「首尾は？」

雄介が小声で新之助に尋ねる。

「上々だ。お二人さん、恋に落ちた」

応える新之助も小声だ。

辺りには誰もいない。いや、忠吉と相田がいるにはいるが、新之助も雄介もそれには気づいていないのだ。べつに声を落とさずとも誰にも聞かれる心配もないはずなのだが、企み事をしているという気持ちからか、二人ともついつい声を潜めてしまう。

いや、二人の様子を見るに、企み事というような陰湿なものではないようだ。二人は、悪戯《いたずら》を楽しむ子供のように楽しげだった。


（何だ？）

忠吉は、予想していなかった出来事に驚いた。横に立つ相田を見ると、相田も驚いてはいるようだ。

（どういうことだ）

忠吉は、事の成り行きを見届けようと目を凝らし、耳を澄ました。

「お疲れ様にございました」

雄介が、おどけたようにペコリと頭を下げた。

「全く、いくら学問所の弟弟子の頼みとはいえ、俺も人が良い」

新之助がわざと深いため息をつく。

「あのままですと、あの馬鹿は、自分がどんなに幸運か、わからぬままだと思いまして」

雄介が申し訳なさそうに笑った。

そうなのだ。

今日の祝言でのあの事件、新之助の醜態は、この二人が仕組んだ狂言だった。

自分の身に起きた幸運を、今一つ実感できていない友、幸次郎に、自分は如何に幸せ者であるかということを悟らせてやりたい。

そう思う雄介は、どこか馬が合い、身分の差を越えて可愛がってもらっている学問所の兄弟子である戸田新之助が、幸次郎の婿入り先の岡島家の親戚ということを知り、

「なんとかなりませんか」

と、新之助に相談を持ち掛けた。

持ち掛けられた新之助が、可愛い弟弟子の為、その親友の為に、一肌脱いだというこ

とだ。

いくら弟弟子の頼みとはいえ、下手をしたら、

「親戚一同に恥をかかせた」

と、勘当を言い渡されかねない。いや、もっと悪くすると、堅物の父親に、

「腹を切れ！」

などと言われかねない醜態を演じてみせるなど、本人の言うように、人が良いにもほどがある。が、本人に本当にそんな自覚があるかどうか、怪しいものだ。

「今頃は、あいつ、自分の幸せをかみしめていることでございましょう。これも新之助さまのお骨折りのおかげ。本当にありがとうございました」

雄介が改めて礼を言い、今度は、恭《うやうや》しく深々と頭を下げた。

それに対して、新之助は、

「ああ」

と受け流し、

「しかし雄介、お前、他人のことを心配している立場か」

わざと説教風に言う。返ってくる言葉はわかっている。

「その言葉、丸ごと新之助さまにお返し申し上げます」

雄介が、お決まりの言葉を返し、二人は愉快そうに笑いあった。

「師範はご存じだったんですか」

物陰から、新之助と雄介のこの様子の一部始終を見た忠吉が、隣に立つ相田に訊ねた。

「いや。だが、何かあるとは思っていた。以前、雄介が新之助殿と一緒にいるところを見かけたことがあったんだ。その時はもちろん戸田新之助という名前も、どういう素性の人物かも知らなかったんだが、二人の様子で、雄介が新之助殿を敬愛し、新之助殿が雄介を可愛がっているのがよくわかった。だから、今日の新之助殿のあの醜態を見た時、最初は驚いたが、すぐに、雄介が何か企んだのではないか。新之助殿に何か頼んだのではないかと思いあたったんだ」

と応える相田の表情は何とも清々しい。

「そうだったんですか。でもあの新之助というお方、大丈夫なのでしょうか。親戚の方々が集まる席で、あのような醜態を演じて……明日にはお父上のお耳にも入るでしょうに」

忠吉が心配顔でそう言うと、

「そうさなあ」

暫し思案した相田が、

「俺が、明日にでも戸田の家に行ってくるよ。できれば新之助殿のお父上のお耳に入る前に真実を伝えたいからな。そして必要なら、雄介を連れて、ここ岡島家にも来ようと思う。まあ、こんな時ぐらい旗本千五百石相田家の名前、便利に使っても罰は当たらんだろう」

そう言ってニヤリと笑った。

「さて、帰るか」

「はい」

帰っていく二人の背中を、既に西に傾いた立ち待ちの月が、優しく照らしていた。

跋

「いい話ですね」

話を聞き終えた清兵衛が、何ともいい笑顔を忠道に向けた。

忠道が話し始めてすぐにお花が持ってきた焼き松茸の皿は、とうに空になっていた。代わりに二人の前には、炙った鯣《するめ》と茄子の糠漬けが出されている。

その鯣《するめ》も糠漬けも、もうすぐなくなりそうだ。気づいたお花が鯣《するめ》と今度は茄子に加えて茗荷《みょうが》の糠漬け、それにわかめときゅうりの酢の物を持ってきた。

「素敵な話ですね」

わかめときゅうりの酢の物の皿を二人の前に並べながら、お花が言う。

「盗み聞きかよ」

と清兵衛が言うのに、

「聞こえたの。大邸宅じゃあるまいし、台所に居たらここでの話は丸聞こえよ」

とお花も負けてはいない。

二人のやり取りを心地よげに聞いていた忠道が、

「お花もそう思うか」

と嬉しそうに言い、

「どうだ、瓦版のネタになるか」

スルメの足をくわえたまま、清兵衛に訊いた。

「へえ、これだけでも充分に売れる話ですがね」

清兵衛はかなり乗り気だが、それでも何か足りないと言いたげだ。それを察した忠道が、

「何が足りねえ」

と短く訊く。

「へえ、まずは、ご大身のお旗本、岡島様でしたっけ、その岡島のお殿様が、なぜ七十俵五人扶持の御徒衆の次男坊である寺村幸次郎様をお婿にとお考えになったか、それに、その御姫様はまだ十六歳。まだまだお若い。それなのになぜ、そんなにも祝言をお急ぎになられたのか。そして、これが一番大事なところですが……」

と清兵衛が続きを言う前に、

「その人のいい新三郎様のその後、相田さんが戸田家を訪ねた後の顚末《てんまつ》を、ぜひとも聞かせてくださいな」

と、お花が言って目を輝かせる。

「おい」

言うことをとられた清兵衛が不服気にお花を見た。

そんな二人をしり目に、

「俺の知る限りだが、話そうか」

　忠道が少々もったいぶって言う。

「へえ、ぜひ」

「できるだけ、詳しく」

　清兵衛とお花は、身を乗り出した。

「まず、なぜ急ぐか。これは、岡島様の親孝行だ。先代がご存命でな。ご存命ではあるけれども、かなりのご高齢。その先代が、一年ほど前から体調を崩し床についておられる。医者の話では、もうお年故、最悪のことも考えておいた方がよいということだ。日ごろから跡取りのいないことを気にしておられたので、安心していただこうと事を急いだらしい」

「そうなんで。で、ご先代は」

「孫姫様の花嫁姿、我が目で見て、安心されたか、気持ちが晴れたか、小康を得られたということだ」

「それはようござんした。ご先代、お孫さんの花嫁姿を見られるとはお幸せでござんすね。こちとら、孫の顔も見られるかどうか」

　清兵衛がわざとと大きくため息をついて見せる。

「お互いにな」

忠道はそう言うと、茄子の糠漬けを一切れ箸でつまみ口へ放り込んだ。

「うまい。清兵衛、案外その日は近いかもしれねえぜ」

そう言って、湯飲みの酒をごくりと飲み下し、お花を見てニッと笑った。

「いやだぁ」

と、お花は恥じらい、清兵衛は、

「まだまだ、ほんのガキで」

と、軽く言ってから、

「三つのうちの一つ。なんで急いで祝言を挙げなさったか、その理由はわかりました。で、後の二つは」

と、話を変えた。

（こいつ話を変えやがった）

清兵衛の態度に娘の成長に複雑な思いを抱く父親の顔を垣間見た忠道は、それには気づかぬ態で話を進める。

「次に、なんで七十俵五人扶持の御徒衆の次男坊が一千石御書院番組頭の岡島家の婿養子に選ばれたのか。そのきっかけは、ごくごくありふれたというか、芝居じみたというか、誰でも想像がつくような話なんだが。去年の秋のことだ。岡島様はつれづれに神田明神の境内を散策なさっていらしたそうなんだ。その時に目の前で、上品な老婦人が、差し込みだろうか、急に苦しみ出したそうなんだ。『これは一大事』と、お供の若党に介抱をお命じになったのだが、それより早く、通りがかりの若侍が素早く駆けつけて、背中のつぼを押すなどして介抱したんだそうだ。その後老婦人の容体がおさまると、肩を貸してゆっくりと歩いて行った。恐らくは、家まで送って行ったんだろう。まああそれだけだったら、親切な青年だと感心して終わりだったんだろうが」

ここで、一旦言葉を切った忠道は、のどの渇きを潤すように、湯飲みの酒を飲みほした。清兵衛が空になった湯飲みに酒を注ぎ、

「それが違ったんですね」

期待を込めて訊ねると、忠道は、

「おうさ」

と、嬉しそうに応じ話をつづけた。

「これが縁というものなのか、今年の春に、岡島様が御城内の武器蔵の前を通りかかられた折に、鎧の手入れをしている御徒衆数人の姿が目に入ったそうだ。そこで、皆がおざなりの手入れをしている中、一心不乱に鎧を磨いている者がいた。『今時、感心な』

と思い、その者の顔を見ると、なんと去年の秋に老婦人を助けたあの若者ではないか。岡島様はすぐさま秘かにその若者のことを調べさせた。その報告を聞くに、寺村幸次郎という男、剣の腕も立つ、学問もできる、人柄もいいときた。岡島様はほれ込んでしまわれたらしい。それで、娘の婿にという話になったというわけだ」

忠道は、そこまで言って、

（どうだ、いい話だろう）

と、いうように胸をそらした。

「あのう、岡島様の奥方様は、自分の甥の戸田新之助様を姫様のお相手にと考えておいでだったのではなかったのですか」

気持ちよく話している忠道に、

（水を差して申し訳ありませんが）

という気持ちを込めて、お花が訊ねた。隣で清兵衛も、同じような表情で恐縮の態だ。

が、

「ああそれな、実は」

と、忠道はそれにも嬉々として応える。

「後で話そうと思っていたんだが、去年、先代の体調が思わしくなくなってすぐに、岡島様から新之助様に話を持っていったそうだ。新之助様のお父上、戸田家の御当主と兄上は良いお話と乗り気だったのを、新之助様ご本人が御断りになったんだそうだ」

「え、なんですって、それはまた、なんで」

意外な話を聞かされて、清兵衛は驚きの声を上げた。

「なんでかねえ」

今まで得意げに話していた忠道が、にわかに思案顔になる。

「なんでかねえって、旦那」

清兵衛が、当惑したようすだ。

「結衣様は十六、新之助様は二十五、ということは、結衣様が生まれた時に新之助様はもう十歳だ。赤ん坊の時からよく知っている結衣様のことを女として見られなかったんじゃあないだろうか。それにこれは忠吉の奴が相田さんにくっついて、戸田家を訪ねて、新之助様に会った時の印象なんだが、新之助様が相田さんのことを憧れの目で見ていたって言うんだ。剣に打ち込みたいんじゃないかって感じたそうだ」

忠道は、新之助の欲のなさに、また好感の度を深めたようだ。清々しい表情で、湯飲みを口に運んでいる。

「気持ちのいいお人だ」

清兵衛も湯飲みの酒をごくりと飲みほした。

「やはり、戸田家に行かれたのですね。相田様と忠吉さん」

と訊くお花に、

「ああ、ここからは、三番目の、戸田新之助様がどうなったかの話だな」

と受け、

「結論から言うと、どうにもならなかった。今まで通り、気楽な部屋住み生活を続けておられる」

そろそろ酔いが回ったのか、はたまた、しゃべり飽いたのか、忠道は、短く答えて済まそうとしている。

（この経緯が一番読み手の興味をそそるところなのに）

と、清兵衛は、

「そこんところを、もそっと詳しくお願《ねげ》ぇします」

と食い下がる。

「詳しくったって……」

忠道は、面倒くさそうではあるが、一応、思案するような態度は見せる。

「忠吉さんと相田様が戸田家に説明に行きなさったんですよね」

清兵衛が念を押して、説明を促した。お花も身を乗り出している。お花としてもここが一番聞きたいところ、優しさ溢れる新之助の身に禍《わざわい》が起きてはいないか気にかかる。

「ああ、そうだ」

忠道がやっとその気になったのか、話し始めた。

「早い方がいいということで、翌朝五つ半過ぎに行ったそうだ。相田さんと忠吉が訪ねた時には、まだ、戸田様には前日の祝言の席でのことは伝わっていなかったらしい。そこで、相田さんが事情を説明して『こういう事情なので、昨日の祝言での新之助殿の振る舞いを耳にされても、ご動揺なきように』と願った。それに対して、戸田様は非常に感謝されていたそうだ。『事情がわからぬまま、そのようなことを耳にしたら、倅を勘当していたかもしれませぬ』とな。そして、『少し度が過ぎる倅の優しさ、誇りに思いまする』とおっしゃっていたそうだ」

話をする忠道も、感に堪えない様子だ。

「ああ、よかった」

お花はほっと安心した。清兵衛も、

「それはようございました。しかしその新之助様の御父上様も、何とものわかったお方だ」

と、感心し、

「それで、その足で岡島様のところへも行きなさったんですね」

と、先を促す。

「そうだ。相田さんは雄介を連れてとか考えていたそうだが、まあ、いいか、このまま二人で行くかってことになったそうだ。岡島家でも、二人は、『よく知らせてくれた』と感謝された。新之助さんの気性を知っているだけに、結衣様との縁談をご自分の方から断っておきながら、昨日の醜態は解せなかった。岡島様も結衣様もそして新之助様の叔母御であられる岡島様の御妻女も、どう考えていいのかわからず考え込み、途方に暮れていらしたようだ。相田さんの話を聞いて、『そうだったのか』と至極納得。新之助様にも感謝しておいでだったということだ」

「そちらもわかって下さったんですね、ようござんした」

「でな、やはり身内だな。奥方様がな、『私どもは新之助の気遣い、おかげさまで知ることができました。ですが祝言に出ていただいた皆様にいちいち説明して歩くことは難しゅうございますし、よしんばそれをするとしても時がかかりましょう。その間に噂が広まり、新之助の将来に傷を残すことにでもなれば、何とも不憫でございます』とな、御心配なさるわけだ」

忠道は、そこまで言うと、清兵衛に意味ありげな視線を送ってよこす。

（はは～ん）

清兵衛は思い当たった。

初めから、新之助のために瓦版に載せさすつもりだったのだろう。

「旦那、謀《はか》りましたね」

清兵衛が、忠道を見てにんまりと笑った。

「おいおい、変な言い掛かりはやめろ。俺はお前さんがネタ枯れだというから、役に立つかどうかわからないが、と前置きをして、話したんだぜ」

忠道は、

（心外だ）

と言うように抗議の態をとるが、堪え性なく目が笑っている。

「わかりました。新之助様の名誉のため、書かせていただきます」

と言う清兵衛に、

「売れると判断したな」

忠道が意地悪く言ってニヤリと笑う。それに対して清兵衛も、

「へえへえ、こちとら商売ですからね。売れなきゃおまんまの食い上げでさ。このネタ、

うちの巳之助の腕にかかったら、飛び切りの瓦版に出来上がりますよ」

と満足げに応えて笑った。

やがて、真顔に戻った二人の口から、

「若いってことはいいいなぁ、清兵衛」

「へえ、本当に」

という言葉が、溜息とともに漏れる。

そんな二人のやり取りを、傍でお花が嬉しそうに見ていたが、

「あ、鯣《するめ》がないですね」

と、炙りに立った。


「邪魔するぜ」

一時ほど前に、忠道が入ってきた時と同じ声、同じ台詞で、忠吉がひょろりと長い身体を曲げて、くぐり戸から顔を出した。

「あら、忠吉さん、いらっしゃい」

ちょうど鯣《するめ》を皿に足しに出てきたお花が出迎えた。

「お迎えですか」

と、清兵衛が言い、

「おお、忠吉か、何しに来た」

と、忠道が振り返る形で、わが息子に声をかけた。

「何しに来たじゃありませんよ、父上。母上に、『父上に芋の煮物を早耳屋に持って行ってと頼んだら、上機嫌で一升徳利と頂き物の松茸をもって出て行った。どうせ、清兵衛さんと徳利が空になるまで飲むんだろう。酔いつぶれてお花ちゃんに迷惑かけたらいけないから、そろそろ迎えに行って来い』って、そう言われて来たんじゃないですか」

(こんな時刻にわざわざ迎えに来てやったのに、何しに来たとは何たる言い草か)

と忠吉がむくれる。

「まあまあ、忠吉さんもせっかくいらしたんだ。どうです一杯」

と清兵衛がすすめる。

「そうだ、忠吉お前も飲め」

と、忠道も言い、

「お花、湯飲みをもってきてやってくれ」

とお花に願う。

「いや、いい」

忠吉はお花に断り、

「そんなことして遅くなったら、また母上に叱られますよ。さあ父上、帰りましょう、さあ、早く早く」

と、忠道を急き立てた。

「そうかぁ、面白くないやつだなぁ」

と文句を言いながらも、素直に息子の言に従い、重い腰を上げた忠道が、

「瓦版、楽しみにしてるぞ」

と言いおいて、酔いでふらつく身体を忠吉に支えられながら、くぐり戸をくぐり外に出る。送りに出た清兵衛が、その背中に、

「どうも、ごちそうさまでございやした」

と、お花と並んで頭を下げると、忠道が振り返り、

「こちらこそ、お花の煮物とぬか漬け、酢の物もうまかったよ、それに鰑《するめ》の炙り方も絶妙だ。ありがとうよ」

それだけ言って帰って行った。

「いいねえ」

遠ざかる忠道忠吉親子の背中を見送りながら、清兵衛が、呟くように言った。横でお

花が、

「息子が欲しかった？」

と笑う。

「え」

思いがけない問いに、一瞬驚いたようすの清兵衛だったが、すぐに、

「うちは、半分男みたいな娘だからな」

と、笑い返し、

「なによ、それ」

と、むくれるお花を相手にしないで、

「さあ、あしたは忙しいぞ、塚本の旦那からいいネタ頂いたからな」

と家の中に入っていく。続いて中へ入ったお花が、くぐり戸を閉め大戸の閂を確かめた。

その時お花は、ふと、

（あの子はどうしているだろう）

見習い泥棒犬シロの小首をかしげた姿を思い浮かべ、閉めたくぐり戸をもう一度開けて、外を見た。そして、

「いるわけないか」

とひとり微笑み、再び戸を閉めた。

戸の外では、一時ほど前にお花が秋刀魚のアラをやった野良猫が、夜の集会の帰りだろうか、ゆったりした足取りで早耳屋の前を通り過ぎて行った。

編集協力／小説工房シェルパ

本書は書き下ろし作品です。

吉原美味草紙
おせっかいの長芋きんとん

出水千春

父を亡くし、大坂から江戸にでてきたさくら。彼女には一人前の料理人になり店をもつ夢があった。だが、吉原の妓楼〈佐野槌屋〉の台所ではたらくことに。乏しい食材でも自慢の腕をふるい、様々な悩みを解きほぐす――花魁の落涙の理由、男衆の暴れ騒ぎ、人形師の心の迷い……温かく人を包み込む人情料理物語。

ハヤカワ
時代ミステリ文庫

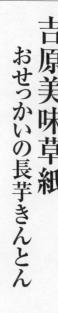

寄り添い花火
薫と芽衣の事件帖

倉本由布

札差の娘で岡っ引きの薫と、同心の娘なのに薫の下っ引きをする芽衣はともに十五歳。ある日、芽衣が長屋の前に捨てられた赤子を見つける。ふたりで親探しを始めるが、そんな折にある札差で赤子の神隠しがあり、寝床には榎の葉が一枚残されていたという不思議が……ふたりで謎を解き明かす、清々しい友情事件帖。

よろず屋お市
深川事件帖

誉田龍一

幼い頃、実の父母が不幸にも殺され、お市は岡っ引きの万七に育てられる。よろず請負い稼業で危険をかいくぐってきた万七だが、彼も不審な死を遂げた。哀しみのなか、お市は稼業を継ぐ。駆け落ち娘の行方捜し、不義密通の事実、記憶のない女の身元、ありえない水死の謎——持ち込まれる難事に、お市は独り挑む。

ハヤカワ
時代ミステリ文庫

よろず屋お市
深川事件帖2　親子の情

誉田龍一

敬愛する元岡っ引きの万七が不審な死を遂げ、遺されたよろず屋を継いだ養女のお市。かつて万七の取り逃した盗賊・漁火の小四郎が江戸に戻っていることを知り、お市は独り探索に乗り出す。小四郎が犯した押し込みの陰で、じつの父と母が巻き込まれていた事実に辿り着くのだが……〈人情事件帖シリーズ〉第2作。

ハヤカワ
時代ミステリ文庫

戯作屋伴内捕物ばなし

稲葉一広

町娘がかまいたちに喉笛切られて死んじまった！——金と女にだらしないが、口先と頭は冴えまくる戯作屋・伴内のところには今日も怪事が持ち込まれる。空飛ぶ幽霊、産女のかどわかし、くびれ鬼による呪い死に……江戸中の怪奇を、鮮やかに解き明かしてみせる。妖の正体見たり、枯尾花！　奇妙奇天烈捕物ばなし。

著者略歴　1957年生，作家　著書『夕焼け　土方歳三はゆく』『新選組　試衛館の青春』『独白新選組　隊士たちのつぶやき』『石田三成の青春』

HM=Hayakawa Mystery
SF=Science Fiction
JA=Japanese Author
NV=Novel
NF=Nonfiction
FT=Fantasy

早耳屋《はやみみや》お花事件帳《はなじけんちょう》
見習《みなら》い泥棒犬《どろぼうけん》

〈JA1469〉

二〇二一年二月十日　印刷
二〇二一年二月十五日　発行

（定価はカバーに表示してあります）

著者　松本匡代《まつもとまさよ》
発行者　早川浩
印刷者　大柴正明
発行所　株式会社早川書房
郵便番号　一〇一 - 〇〇四六
東京都千代田区神田多町二ノ二
電話　〇三 - 三二五二 - 三一一一
振替　〇〇一六〇 - 三 - 四七七九九
https://www.hayakawa-online.co.jp

乱丁・落丁本は小社制作部宛お送り下さい。
送料小社負担にてお取りかえいたします。

印刷・株式会社亨有堂印刷所　製本・株式会社川島製本所

ISBN978-4-15-031469-9 C0193

本書は活字が大きく読みやすい〈トールサイズ〉です。